塀の中の美容室

桜井美奈

双葉文庫

contents

SAKURAI_MINA

BEAUTY SALON IN PRISON

一章　芦原《あしはら》　志穂《しほ》

『ご』と入力すると予測変換で『ゴメン』と出てきて、確定すると『。』、『今日も仕事で』と続き、さらに『ダメになった』で――『ゴメン。今日も仕事でダメになった』の一文ができあがる。

これで連続三回、約束をキャンセルした。しかもここ半年ではもう、両手足の指では足りないくらい、同じ言葉を打っている。優秀な機械は、すっかり文章を覚えてしまった。

送信先は恋人の奏《そう》。

キャンセルの連絡が来ると思っていたのか、彼からの返信は早かった。

『わかった』

最初のころは『次はいつ会えそう?』とメッセージが続いた。でも今はない。

もっとも、予定なんてわたしにもわからない。聞かれても答えようがないから、聞かれない方がありがたかった。

寝たい。ベッドでぐっすり眠りたい。布団の中で朝日を見てから、もう一度眠って、夕焼けを見て、ああああ! 今日も一日無駄にしちゃった、でも明日も休みだし、まあいいか、なんて一日を過ごしたい。何も考えずにダラダラして、パジャマも着替えず、顔も洗いたくない。

二十代の女子としてどうかと思うけど、恋人と会うよりも寝ていたい。

でも現実は、ベッドどころか今日は家にも帰れないだろうし、仮眠できてもイスに座った姿勢でせいぜい一時間がいいところだ。湯船につかったのは、もう思い出せないくらい前の話で、新作のコスメも、流行のファッションも、話題のスイーツも、大学を卒業してから縁遠くなった。

奏のことは好きだけど、恋愛感情が肉体疲労の奥に隠れてしまっている。

それでも、肉体疲労の隙間から、恋愛感情を一ミリくらい押し出して指を動かす。

『来週の月曜は大丈夫だから。本当にごめんなさい』

送信してスマホをしまった。

まずは仕事。もう一度、今日これからのスケジュールを確認する。十八時からスタジオでの撮影。予定が変更されたのは、いくつかのシーンの撮り直しが、急遽《きゅうきょ》決まったからだ。

「あーあ」

どうせ深夜まで撮影だろう。

この業界の時間が不規則なのは覚悟していたけれど、想像以上だった。

最初はわたしも芸能人を見ては、キャーキャー騒いでいた。声に出すと怒られるから、心の中で嬉しさに泣いた。

特に好きな俳優と八十センチの距離ですれ違ったときには、歩き方がロボットになるくらいに緊張した。でも、慣れればそれもどうってことはない。むしろテレビ画面で見る姿とは態度の違う人もいて、知りたくなかった裏の顔を見てしまった感じさえする。

それでも、芸能人に表裏があることは予想の範囲内だったし、逆に嫌なイメージを抱いていた人が、実は凄く良い人だったりするのを知って、プラスマイナスゼロになったりもした。

問題はそこではない。労働環境だ。人を人とも思わない上司のもとで働いていると、モチベーションが右肩下がりになる。あからさまに「代わりはいくらでもいる！」と言われてやる気が起きるほど、わたしは人間ができていない。

「あーあ」

「芦原《あしはら》！」

「ハ、ハイ！」

ため息を聞かれてしまったのかと思ったわたしは慌てて立ち上がり、イスを倒してしまった。

「髪切ってこい！」

オマエこそ切ってこいと言いたいくらいの、ボサボサ頭の上司がわたしを見ている。

何を言われているのか理解できずに黙っていると、気の短い上司は焦れたように声を張り上げた。

「聞こえなかったのか！　髪切ってこいって言ってんだよ」

もちろん上司の声は聞こえている。

ただ怒鳴りあいの会話はわたしが疲れるから、上司の席まで行った。

「どういうことですか？」

「そのままの意味だ。美容室へ行って、髪を切ってこい」

わたしはまじまじと、自分の恰好を見た。

はき古したジーンズにスニーカー。洗って干しておけばシワにならないシャツ。長時間につぐ長時間勤務のため『十二時間崩れないファンデーション』ですらドロドロになるから、最近ではメイクもほとんどしなくなった。

美容室にもいつ行ったか思い出せない。髪も伸ばしっぱなしだ。

一つに束ねているから自分では気にならなかったが、何か問題でもあったのだろうか。

「クレームでも来ましたか？」

「ああ？　なんで芦原の髪にクレームが来るんだよ。オマエの外見なんて、誰も見てねーよ。切るのは来週の月曜日だからな」

「え？　でもその日は有休を……」

来週の月曜日は、一か月も前から有給休暇の申請をしていた。もちろん、周囲にも頼み込んである。

「そうだったか？　でも先方の都合で、その日なんだよ。後日休ませてやるから、今回はあきらめろ」

後日なんてない。申請していた有休が突然なくなるのは、初めてではなかった。

でも今回だけは、引きさがれない。

「嫌です。その日は休ませてください。だって、ずっと前からお願いしていたじゃないですか。他の日に変更はできないんですか？」

「いろいろな日程の都合でその日になったんだよ。それくらいわかれ」

首元が黒く汚れたシャツ。脂ぎった肌。タバコ臭い息。

四十代という話だが、それよりも十歳は上に見える上司は、チッと舌打ちをした。

ただ、この業界で生き残ってきただけあって、ここぞというときの爆発力は、二十代のわたしよりも大きい。

「労働者の権利ってか？　あのなあ、労基法なんてものは、この業界にはないんだよ。俺が行けって言ったら、行くのがオマエの仕事。それが不満なら辞めろ。今すぐ辞表書け。そうすりゃ、月曜休めるぞ」

無茶苦茶だ。しかるべきところへ駆け込めば問題になるはずだ。だが、そのあとここで働き続けられるかはまた別の話。解雇されなくても、居心地の悪さにいたたまれなくなるのは目に見えている。過去にそういう人がいたという話はいくつも聞いたし、それに耐えられるほど、わたしのメンタルは強くない。

そして今この会社を辞めたら。

就職して三年以上経つのに、たいしたスキルもない。仕事を選ばなければ何かあるとは思うが、大学時代に借りた奨学金の返済が重くのしかかる。

わたしの迷いを見透かしたかのように、上司は面倒くさそうに言った。

「行くんだよな？　普段役に立たないんだから、たまにはまともに仕事しろ」

「そんなわたしに、なぜ髪を切れと……」

「取材に決まってんだろ。撮影はまだ先だが、資料として美容室のレポートが欲しいんだと」

「ドラマの資料ですか？」

「当たり前だ。ここはドラマ班だ」

「その仕事を、わたし一人で？」

「ああ、そうだ」

意外だった。ドキュメンタリー班から、ドラマ班へ配属されて半年。これまで、雑用程度の仕事しか回されなかった。会議に参加しても発言権はないし、イスすらない。途中でお茶を買いに行ったり、コピーをとったり、などといったことしかしてこなかった。それがドラマの資料となる取材だ。

上司は冷めた目でわたしを見ていた。

「今のところその取材先は候補の一つで、使うかどうかわからない。そんなところに人員を割けないからな。だから芦原が行ってくれ」

誰でもいい。そう言われている。一瞬で頭が冷えた。

だったら、申請通り有休をとらせてくれたっていいじゃないか、と思う。

「わたしじゃなくて……渡辺《わたなべ》さんや、菅田《すだ》さんじゃダメなんですか？」

「今回は渡辺や菅田には無理だ」

「どうしてですか？」

名前を出した二人は、すでにいくつものドラマを手掛けているディレクターだ。

その彼らと自分の違い。

「男だからだよ。今回は女限定。セクハラとか言うなよ。物理的に女限定なんだよ。だからこの班唯一の女である、芦原が行くってわけだ」

「女性限定の美容室なんてあるんですか？　今どき、美容室を利用する男性は珍しくないと思いますけど？」

「だろうな。むしろ女性限定にする美容室があったら、不思議でならねーよ」

「だったら、どうして……」

上司が机の引き出しを開けて、投げつけるようにわたしの前に、リーフレットを置いた。

「美容室のある場所が――女子刑務所だからだ」


来週の月曜日は、奏と出かける約束をしている。正確には日曜日の夜、わたしの仕事が終わってからだ。

大学の事務局に勤めている奏の休日は、基本的にはカレンダー通りの土曜日と日曜日。月曜日に休んでもらったのは、その日が奏の誕生日だからだった。

――無理しなくていいよ。

誘ったとき、彼はそう言ってくれた。でも、無理をしていることくらいはわかっていた。だから、せめて誕生日くらいは一緒に過ごさせてと頼んだ。免許のないわたしは、運転だけは奏に頼んだけれど、レンタカーも宿も手配はわたしがした。普段の罪滅ぼしと思えば、高い金額ではなかった。

指はいつも通りに『ご』を選ぶ。でもそのあと『ゴメン』を選択することはできなかった。こんなときまで、機械が覚えたメッセージを送るのは、さすがに申し訳なさすぎる。

悩んだ結果、土曜日の夜、わたしは奏のアパートへ行くことにした。

学生寮に住んでいた奏は、就職すると同時に、都内の一人暮らしとしては比較的広い物件に引っ越した。寮生活の息苦しさの反動とかで、場所よりも広さを希望し、アパートは都心から少し離れた場所を選んだ。通勤に時間がかかるのは覚悟の上らしく、飲み会などを割り切れば、生活に不便はないらしい。

ただ、いつ呼び出されるかわからないわたしには、奏のアパートは遠く、訪ねたのは片手で数えるほどだった。

アパートへは終電で向かった。本当はもう少し早く出るつもりだったけれど、やっぱり仕事が押して、日付をまたいでしまった。帰る方法はなく、このまま奏のアパートに泊まらせてもらうしかない。

連絡していたから、チャイムを押すと、すぐにドアが開いた。

「あ……」

一泊分の荷物を入れるにはちょうどよさそうなサイズのカバンが、部屋の隅にあった。

奏の顔を見られず、だからといってカバンの方も向けないわたしは、床に視線を落とした。

「もしかして明日、ダメになったって話？」

「え？」

「そういうことだよね。明日……ああ、もう日付が変わったから今日になるか。あと十数時間で出かける予定なのに、わざわざ、こんな時間にここまで来るってことは、他に理由はないでしょ」

奏に笑顔はなかったけれど、怒っている様子でもない。座れば？　と促され、クッションの上に腰を下ろす。向かいに座った奏は、フッと息を吐いた。

付き合って一年と三か月。始まりは友人同士の集まり――合コンだったが、二人ともドラマが好きということがわかってから、親しくなるのに時間はかからなかった。

奏の仕事は、忙しい時期はあっても、わたしほど勤務が不規則になることはないし、年間を通してスケジュールが把握しやすい。だから付き合い始めてから今まで、ほとんどわたしの都合に合わせてもらっていた。

「志穂《しほ》が忙しいのは知っているけど、有休の希望は出していたんだよね？」

「もちろん。でも突然、月曜日に取材へ行けって言われて……。わたししか、行ける人がいなくて」

あとに付け加えた言葉は、言わなくても良いことだったかもしれない。ただわたしのせいじゃない、そう思って欲しい気持ちもあった。

「取材ね……。まあ、先方の都合とかもあるんだろうけど」

「本当にごめんなさい。もちろん他の人に代われないかとか、別の日にできないかって頼んでみたけど、嫌なら辞めろって言われて……」

奏が髪をかきむしる。唇の端が微かに震えていた。

いつも優しい奏がイラつく態度を見せることは、これまでほとんどなかった。


奏は、初めて顔を合わせたときから穏やかな人だった。

合コンに参加していた男性の一人が、お酒が進みすぎたのか、途中から過去に交際していた女性の愚痴を語り始め、しまいには目の前にいるわたしたちにまで絡みはじめた。

最初こそは、うんうん、と聞いていたわたしたちも、次第に「そんなことわたしたちに言われてもねー」と、相手にしなくなると、その男性はさらに語気を強めて絡んできた。

　そんな場面で奏が立ちあがった。

「ゴメン、ちょっと外の空気吸わせてくる」

　体格は奏の方が、その酔っぱらいよりも小さい。それでも外へ連れ出してくれた。

　奏は四人いた男の中で、一番無口で、一番小柄で、一番飲んでいた。空気を壊すほどではないが、あまり楽しそうな雰囲気でもなく、適当に相づちを打つ感じで会に参加していた。料金分を胃に収めて帰ります、的な空気をまとっていたから、女子側も積極的に話しかけることはしなかった。でもこのとき、少し見方が変わった。

　会計のころになって、二人が戻ってきた。ごめんなさい、と頭を下げた酔っぱらいは、かなりお酒も抜けたらしく、今度はひたすら身を小さくしていた。

「俺、フラれたばかりで」

　話の流れで、それはもう、その場にいた全員がわかっていたから、しょんぼりしている姿を見ると、さすがに責める人は誰もいなかった。

　外へ出ると、次はどうする？　と話し合う人の輪から、少し離れた場所にいた奏に近づいたのは興味からだった。

「今日は、散々でしたね」

　わたしが近づいていたことに気づいていなかったらしく、奏は話しかけられて、少しだけ表情を緩ませてくれた。

「でも僕は、あの時点で結構飲み食いしていたから」

「そんなに嫌だったんですか？　今日来たこと」

「あ……」

街灯程度の明かりでも、はっきりわかるくらい、奏の表情はしまった、と語っていた。

「バレていました？」

まいったなあ、と頭をかく様子が、なんだか憎めなかった。

奏はジャケットのポケットからスマホを取り出す。二、三回指を動かすと、わたしの方へ画面を向けた。ドラマのサイトが表示されていた。

「今日、最終回だったから。〝空へ走れ〟の。これが見たかったんです」

「え？」

「知りませんか？　毎週金曜の夜九時から放送のドラマです。視聴率的には微妙みたいだけど、僕は好きなんです。もちろん録画予約はしてきました。けど、リアルタイムで見るのを楽しみにしていて」

「わたしもです！」

「芦原さんも、見ているんですか？」

「いるも何も……」

そのドラマは、わたしの勤める会社がかかわっていた。もちろん、会社がかかわった作品のすべてを見ているわけではないが、廊下にポスターが貼ってあると、記憶に刷り込まれているのか、見てみようかと思う気持ちになる。

奏は目を輝かせた。

「じゃあじゃあ、主演の加賀見聡《かがみさとし》とか、相手役の本庄《ほんじょう》ユキと会いましたか？　あの二人、あまりNGを出さないって話ですが、リハーサルから完璧なんですかね？」

合コンの席での温度の低さからは想像できないくらい、奏のテンションが一気に上がった。

あとで知ったことだが、奏は学生時代、演劇をやっていたらしい。

その様子を見て、申し訳なくなった。

「……ごめんなさい。会社がかかわっているだけで、わたしは別の部署にいるので」

このときはまだ、ドキュメンタリー班の方にいたから、特別な何かを知っているということはなかった。

ただ、もともとわたしはドラマを見るのが好きだったし、ドラマを作る側になりたいと思っていたから、共通の話題に事欠かなかった。

付き合うことになって数か月後。わたしがドラマ班へ移動になったとき、奏は自分のことのように喜んでくれた。

それが今、ドラマのせいで危機を迎えている。

「取材ってどこ？」

「女子刑務所。中に美容室があって、受刑者の人が髪を切ってくれるんだって。女性なら誰でも利用できるんだけど、土日とかお休みで……」

「そういうのがあるんだ。知らなかったな」

「あまり知られてはいないと思うよ。わたしだって行けと言われて、初めて知ったくらいだし。調べてみたら、男性の刑務所には理容師の免許が取れたりする場所もあるんだって。利用料はかなり安いみたい」

ふーん、と言った奏は、それほど興味はなさそうだった。

「いくら安くても、行きたいとは思わないかな」

そうだなあ、とわたしも思う。近くに住んでいるか、ワケありでなければ、わざわざ行かなくてもいい。

一体全体、どんな人が、その美容室を利用するのだろう。

「そこを舞台とした、ドラマを作るってこと？」

「それはまだわからない。とりあえず調べてみてって感じかな……」

「部外者には言えないか」

「そうじゃないけど……」

「いや、いいよ。仕事の話を、無理に聞き出そうとは思わないから」

確かに言えないケースもある。新しく始まるドラマの話は、当然、報道発表よりも前に知ることもあるが、外部に漏らすことはできない。

だが今回は違う。上司の口ぶりからすると、本当に使うか使わないか、わからない取材だ。

もっとも、これ以上言葉を重ねたところで、今の段階では、嘘か本当かを証明するすべはない。

「ごめんなさい。せっかく休みを取ってもらったのに」

「休みのことは気にしなくていいよ。土、日に出勤した分を、交代で平日に休む必要があったから。ただ……」

目を伏せて、奏はふーっと、長い息を吐きだす。

最近は会うたびに、こんな表情を見てきた。それでも、奏が非難めいたことを言うことはほとんどなかった。

目を開いた奏が、部屋の隅からカバンを持って来る。中は空だった。

「何となく、旅行の準備をする気にはなれなかったんだ。こんなことになるだろうと思っていたから。志穂が、嘘をつこうと思ったわけじゃないのはわかっているし、休もうとしてくれたのは信じている。日ごろの罪滅ぼし？　的な意味で、今回僕を誘ったことも」

奏はいつもよりも早口だった。

「こんな時間にここまで来たのは、誠意を見せているつもり？　でも結局また、始発で帰るつもりだよね？　志穂が忙しいのは知っている。眠る時間を削って働いているのも、ロクに休みが取れないことも理解している。仕事をしていれば、断れないときがあるのもわかるし、忙しい時期は仕事中心の生活になることは僕だってある。でも、それって期間が決まっていればこそ、乗り切れることだと思う。先が見えない中、志穂は続けられる？」

「それは……」

「仕事のことばかりじゃなくて、僕とのことも含めて聞いているんだよ」

奏の迫力に、わたしは何も言えなかった。

わたしは大学入試を一度失敗して、浪人生活を送っている。だから大学へ入ったのは十九歳のときだ。それでも希望していた大学には入れず、第二志望の学校へ入学した。就職試験もそうだった。競争倍率の高い、キー局や準キー局と呼ばれるテレビ局は全敗。ドラマの制作がしたかったため、地方局はパスして、東京にある番組制作会社に入った。それだって、いくつか受けた中、ようやく引っかかった一社だ。

業界的にブラックな噂があることは、入る前からでも知っていた。が、入ってみたら想像以上にブラックで、大学の先輩が辞めたことも（その人は、入社一年半で身体を壊して退職した）、ネット上にはびこる逸話も、本当どころか、真実はそれを上回るレベルだったことを、身をもって知った。

しかも入社して最初に配属されたのは、ドキュメンタリーを制作する部署。ドラマを作りたいと思っていたから、これまた不本意な配属だった。

それでも、その場所は比較的人間関係が良かったことと、途中、奏との出会いで、まあまあ、充実していた。

転機が訪れたのは半年前。入社前からの希望だったドラマ班に配属されてからだった。

ドキュメンタリー班が楽だったわけではないが、ドラマ班より人員がいたのか、今よりは休みをもらえていた。あくまでも比べての話だが。

それが、ドラマ班に入ってからというもの、有休希望など出せる雰囲気もなく、休みの日に呼び出されることもしばしば。求人票に書かれていた時間をはるかに超える勤務。気が付けば、もともと少なかった奏と会える時間はさらに減り、約束をしてもキャンセルを繰り返し、極めつけは、自分から誘った彼の誕生日まで断ることになった。

二部屋あるアパートで、奏は奥の寝室へ、わたしはリビングのソファの上で数時間眠った。

そのまま朝を迎え、アパートを出るとき、寝室のドア越しに声をかけたけれど返事はなかった。

出張へ行ったらお土産を買ってこようか。

せめてものお詫びを、と考えながら乗り込んだ電車のドアが閉まったとき、一通のメッセージが届いた。

『別れよう、この状況は続けられない。もう疲れた』

新幹線から普通電車に乗り換えると、動く景色がゆっくりとなった。普段なら駆け回っている時間なのに、今はその景色と同じくらいのんびりとしている。

その代わりなのか、忙しければ考えなくていいことを、考えてしまう。

「今ごろ、二人で美味しいものでも、食べていたはずなのに……」

薄い雲の間から射す陽ざしが頬にあたる。ウトウトしてしまいそうな陽気だ。

嫌だなあ、と思う。

失恋に電車旅……出張ではあるけれど、出来過ぎのシチュエーションに、笑えないのに、笑いたくなる。

「何が何でも出張へは行けません、って言えばよかったのかなあ……。でも、そうしたら絶対、ハイどーぞ。今すぐお辞めください、って言われたんだろうしなあ」

あの上司なら間違いなくそう言う。やる気のないやつを説得する時間はない、と付け加えて。

誰でもできる仕事しか任されず、代わりはいくらでもいると言われる自分。

日常の忙しさに追われるうちに、この先どうしたいのか考えるのも億劫になって、惰性で仕事を続ける。そして――フラれた。

スマホを開く。

『別れよう、この状況は続けられない。もう疲れた』

返事はまだしていない。

そのメッセージを読んだことは、奏もわかっているはずだ。ただ、それ以上の言葉が送られてくることはなかった。

わたしが返事をするまで、何も言わないつもりだろう。

「わたしだって、好んでこんなに働いているわけじゃないし、今日だって、休もうとしたんだけどな……」

悪いことをした、と思う一方で、もう少し理解してくれてもいいのに、とも思ってしまう。

「今の仕事を続ける限り、ずっとこんな調子だろうし。仕事辞めるって言ったら……重いか」

結婚の約束をしていたわけでもないし、奏も同い年。男性が結婚に焦る年齢ではない。それにわたしの方も、仕事を辞めようという決心はついていない。

「とりあえず今は、奏のことは置いとかないとだよね……」

平日の日中とあって、車内の乗客はまばらだ。わたしが窓の外を眺めながら、ぶつぶつ独り言を言っていても、見とがめる人はいない。

「刑務所——か」

ドキュメンタリー班にいたときにも、刑務所関連の番組にかかわったことはなかった。

どんなところなんだろう。

どんな人がいるんだろう。

電車に揺られながら、少しずつ取材先のことを考え始めていた。


駅から十五分ほど歩くと、塀に囲まれた建物に着いた。

刑務所はわたしが想像していた姿とは違い、思ったほど壁は高くなかったし、有刺鉄線も、そびえたつ高い監視塔もなかった。むしろ入り口は一般道に面していて、門は開かれている。守衛の人に声をかけると、すぐに通してくれた。

受付で名前を告げると、取材であることはすでに話が通っていて、制服を着た女性に案内される。

受刑者のいる区画ではなかったが、中はひんやりとしていて、廊下は少し薄暗かった。

「最初に、こちらで料金の支払いをしていただきます」

「ここで、ですか？」

こぢんまりとした窓口の奥には、スチール製の机が並べられている。事務所にしか見えないが、どうやらここが受付らしい。窓口の奥にいる人たちもすべて紺色の制服に身を包み、美容師ではなさそうだった。

「美容室の方で、お金は扱わないことになっていますから」

なるほど、と思いながら、カバンから財布を取り出す。

メニュー表を見ると、カット九百円。シャンプー三百円。そのほかのメニューもカラー二千円、パーマ千八百円、セットが六百円だ。

事前に調べてわかっていたことだが、やっぱり料金も一般的な美容室と比べるとかなり安い。

カット代を払うと、一枚の紙を渡される。そこには店内での注意事項が書かれていて、口頭でもいくつかの説明をうけた。

それが終わると、制服を着たハタチくらいの女性に「美容室へご案内します」と先導され、一旦屋外へ出る。緊張のせいか、いつもより背筋が伸びた。

二回角を曲がり、数十メートルほど歩くと、案内役の女性が足を止めた。

「こちらの建物です」

美容室は独立した建物だった。小さな平屋建てで、外壁が白い。今は陰っているが、太陽の光を浴びたら、きっと目にまぶしいほどの白さだ。刑務所に抱いていたイメージとはかけ離れていた。

「ずいぶん明るい建物なんですね」

「そうですね。わたしもここへ赴任してからまだ半年程度なので詳しくは知りませんが、そう言ってくださるお客さんはよくいらっしゃるみたいです。外壁の掃除を定期的にしているのと、汚れの付きにくい塗装をしていると聞いています」

「外観を気にしているんですね」

「ええ、ここは一般のお客様に利用していただく場所なので、できるだけ刑務所であることを感じさせないようにしているんです。といっても、以前はずいぶん違ったと聞いていますし、塗装を変えたのは二年くらい前みたいですけど」

「じゃあ、建物は年季が入っているんですか？」

「そうだと思います……申し訳ありません。わたしはこの建物がいつ建てられたかまでは把握していなくて。調べればわかりますが、いかがいたしましょうか？」

「でしたら、お手数ですが、あとで聞かせてもらえますか？」

「わかりました。では芦原様が美容室をご利用の間に、確認しておきますね」

曲がりなりにも取材だ。ここまで来た以上、できることはして帰りたい。

お願いしますと頭を下げ、顔をあげると、店名が刻まれた、ステンレス製の看板が目に入った。

「開店当初から〝あおぞら美容室〟という店名なんですか？」

「ええ、そうらしいです。年配のお客様からは、戦後の学校みたいだね、と言われます」

「戦後？　ああ……青空教室のことですか。まさか、戦争直後から美容室を？」

「え？」

女性が目を大きくさせて、きょとんとする。二秒後には、ふふっ、と吹き出した。

「さすがに、そこまで古くはないみたいです。といっても、この刑務所に美容科ができたのは、戦後十年くらいの話ですから、青空とまではいかなくても、設備は今ほど整っていなかったとは思います」

ヤバい。恥ずかしい。

取材に来る前、一応下調べはしてきた。ここの刑務所のホームページに載っていた年表にそう書いてあった。

「そろそろ、ご予約のお時間ですので、中へお入りください。店内にも係の者がおりますので、美容室のことでご質問がございましたら、そちらでお聞きください。私よりも経験豊富なので、お客様の知りたいことにも答えられると思います」

では、と一礼してから、案内をしてくれた刑務官は、来た方向へと引き返す。角を曲がって背中が見えなくなってから、わたしは入り口のドアを開けた。

「わあ……」

思わず声が漏れた。

目に飛び込んできたのは、晴れた日の空のような、透き通ったブルーの壁。床やイスは、ふわりと風に流れる雲のような白色で、わたし自身が、大空を飛んでいるような錯覚におちいった。

「なんだか……空の中みたいですね」

「そうなの！　素敵でしょう？」

グイッと、前のめりで答えてくれたのは、美容室の受付にいた人だった。

この人も女性で制服を着ている。五十歳前後だろうか。私服に着替えて、スーパーで買い物かごを下げていたら、刑務所で仕事をしているとは思えない感じの、にこやかな女性だ。

「ええ、素敵だと思います」

「でしょう。この壁と床。絶妙な色合いなの。って、私が決めたわけじゃないんだけど。でも、ここにいると落ち着くのよね」

「はい、なんだか身体が軽くなる感じがします」

昨夜からここへ足を踏み入れるまでの間、無意識に込めていた力が、すっと抜けていく。

「それを聞いたら、所長もきっと喜ぶわ。内装を考えたのは所長だから」

「所長さんがそんなことまで考えるんですか？」

「普通はないわね。私も何人もの上司を見てきたけど、今の所長くらいよ。でもね、ここはお客さんを受け入れるところだから、刑務所の中とは違うイメージにしたいって、赴任してきたときに、いろいろ変え始めたの。まあ、水道設備とか故障が続いて修理しなければならなかったから、それにかこつけて上手いこと、予算を引っ張ってきたってところもあるんだけど」

結構ぶっちゃけすぎな気がするが、取材としていろいろ話が聞けるのは助かる。

わたしが黙ったことで何か勘違いしたのか「ごめんなさいね、おしゃべりが過ぎて」と、女性は少し表情を曇らせた。

「ここの美容室を利用してくれる人は、ほとんど常連さんで年配の方が多いのよ。場所が場所だから話題は限られるけど、ついつい話しちゃうのよね」

「いえ、いろんなお話が伺えて助かります」

「そう言ってもらえると嬉しいわ。カメラが入っていたら私ももう少し余所《よそ》行きの顔をするんだけど、今日はお一人みたいだし。質問にはできるだけ答えるから、上手く使ってね」

「あ、すみません。まだ下調べの段階で、使うか使わないかは、わたしには決められないので……。ご協力をいただいているのに、カメラマンも連れずに申し訳ないのですが」

「それはわかっているわ。これまでにも、何度となく取材を受けてきたけど、たくさんカメラを回しても、使われる部分はちょびーっとってことはよくあったもの。それに私、テレビカメラって苦手だし。お化粧とか、いろいろ気を使わないとでしょう？　だから、今日みたいな方がありがたいのよ」

これはわたしの気持ちを軽くするために言ってくれているのだろうか。

とはいえ、カメラがいなくても制服にはピシッとアイロンがあてられているし、髪も綺麗に束ねられている。きっと、普段からきちんとしているのだろう。

「それにしても、所長さんの発案とは凄いですね」

「内装のこと？　そうね。以前と比べるとかなり違うわ。以前は、掃除こそしていたけれど、かなり古びていて、綺麗という感じでもなかったから。ここはね。雲の上というコンセプトなんですって」

「――雲の上？」

「外壁の白さは雲を表し、それを通り抜けると、鮮やかな青空って……所長に何度も聞かされたわよ」

わたしはもう一度店内の壁に目を向けた。

これまで飛行機に乗ったのは一度だけ。高校の修学旅行で沖縄へ行ったときだけだ。その一回が偶然窓際の席で、今と同じ景色を見たことがあった。

空の上は何もなくて、ただただずっと、青い世界が広がっているだけだったけれど、あの景色は今でも覚えている。

女性が両手を出した。

「荷物、こちらで預かりますね」

「はい」

「受付の方でも説明があったと思いますけど、お店の中では携帯電話やスマホの利用はできないので、その点は気をつけてくださいね」

「あ、スマホ……」

そういえば受付で渡された紙にも書いてあった。店内での携帯電話やスマートフォンの使用禁止と禁煙。男性、保護者付き添いのいない十五歳未満の子ども、ペットを連れての利用ができないことと、受刑者への物品の授受や雑談は不可——と。

禁煙とペットはお店によるだろうけど、その他のことは、多くの美容室では許されている。特に、携帯やスマホの利用と雑談の禁止というのは、一般的ではないだろう。

忘れていた問題に「はあ」と思わずため息がこぼれた。

「困りますよね？　お仕事の連絡もあるかもしれないし。でも規則なので、ご協力をお願いしますね」

入店したときから、ずっとくだけた雰囲気で接してくれる女性だが、規則に関しては徹底している。もっともその件について問題があるわけではない。

「大丈夫です。仕事先は、わたしが今日ここにいることはわかっているので……」

頭が痛いのは、むしろ恋人への返信だ。

別れようと言われたのだから、返信しなくても、別れは成立しているのかもしれない。でも奏の性格を考えると、一方的に終わらせるとも思えない。返事を待っているハズだ。

ただ、どういう答えを望んでいるのかはわからない。

「利用者の中には、携帯電話を離さない人もいるんですか？」

「そういったことはめったにないわ。さっきも言った通り、基本的に常連さんが多いから、理解してくれているし。ただ、場合によっては、大切な連絡が来るかもってこともあって、そういうときは、そばに置いておけないかと質問されたことがあるって感じかしら」

なるほど。いかなる事情があろうとも、外部との連絡はかなわないということか。

もちろんどうしても必要なら、客は外へ出ればいい。場合によっては、予約日を変えれば済むだけの話だ。

だけど、ここにいるということは……この中で生活するということは、携帯電話を持つことはおろか、身内が亡くなっても出ることもできない。

罪を犯したのだから当然ではあるけれど、ここには自由がない。

いったい、どんな人がここで美容師をしているのだろう？

入り口と店内の一部を仕切る衝立の奥から、エプロン姿の女性が姿を現した。

「いらっしゃいませ。お待ちしておりました」

女性はマスクをしていて、顔の半分以上が隠れている。小顔で二重。年齢は……たぶん二十代。すっぴんだし、顔でわかるのは目だけだから、判断がしづらい。身長も体重も、きっと道ですれ違ったら、記憶に留めにくいくらいの普通体型。エプロンをしていて、服装も白いシャツを着ていた。

ただ一点。目を引くのが頭——というか髪。高い位置のお団子ヘアで、ほどいたらきっとかなり長いのではないかと思う大きさだ。

「こちらのイスへどうぞ」

鏡を前にしてイスに腰をおろすと、どこにでもある美容室の時間がスタートした。

「首にタオルを巻きますね」

「えっ？」

ビクッと身体をすくめる私の首に、タオルがふわりと巻かれる。

「すみません、驚かせてしまって。次はクロスを巻きます」

「あ、はい……お願いします」

わたしの態度に気づいているのか、いないのかわからない。けれど何ごともなかったかのように、今度はわたしの返事を待ってから、クロスを付けてくれた。

顔を上げられなかった。

タオルを巻いてもらうとき、わたしは何を考えた？

刑務所の中で美容師になった人は、ある程度刑期が長くなければ、店に立つことができないらしい。刑期が長い人は、大きく分けると二種類いる。一つは罪を繰り返す人。そしてもう一つは――重い罪を犯した人だ。

「ご予約はカットと伺っていますが」

「は、はい。お願いします」

感情を感じさせない声で「かしこまりました」と返される。機嫌が悪いのとも違う。よけいなものが混じらない、この空間を壊さない優しい声だった。

美容師さんは、ハサミやブラシが乗ったワゴンを引き寄せ、髪を束ねていたゴムを外してくれた。

「ずっと伸ばしていらしたんですか？」

「ええ……時間がなくて、放っておいただけですけど。多分、一年半くらいは切っていないと思います」

「では今日はどのくらい、お切りしますか？」

「そうですね……」

髪型について上司からは、好きにしろと言われている。取材としては、一連の流れがわかればいいらしい。そもそもわたしに、カットの技術など見極めるハイレベルな要求はしてこない。

だから、毛先をそろえるくらいで良いんだろう、と思う。でも……。

わたしは、まっすぐ前を向いて鏡を見た。

ガサガサの肌。就職してから消えることのない目の下のクマ。唇も荒れているし、トリートメントなんて全然しないから、毛先なんて枝毛だらけだ。女を武器にしたいとは思っていないけれど、好きな人にこんな姿を見せていたことに、今になって気づいた。

「あれ？」

そういえば、わたしが最後に美容室へ行ったのは、奏と初めてデートした日だったかもしれない。やっぱりしばらく忙しくて、伸びっぱなしになっていたから、休日の朝一番に予約を入れて、髪を切ってもらった。

　あの日、奏はわたしを見て、可愛いと言ってくれた。特別可愛くもないのに、そう言ってくれた。

「……髪の毛って、一か月でどのくらい伸びますか？」

「個人差があるので、確実な数値は言えませんが、だいたい一か月に一センチから一・五センチくらいと言われています。体調にもよりますけど」

「わたし、伸びるのはわりと早い方だと思うんですよね。体調まで考慮して、計算するのは無理だから……」

　一か月で一・五センチとして、一年三か月だから十五か月。だとすると……。

「二十二・五センチ切ってください」

　返事に少し、間があった。戸惑っているのは、鏡越しに表情を見なくても、空気で伝わってくる。

「二十二・五センチ……ですか。五ミリ単位で切れるかは、自信がないですが」

「わかっています。良いんです。美容師さんが、二十二・五センチだと思う部分で切ってくだされば構いません」

　自分でも、無茶なオーダーをしていると思う。

仕事で来ているのに、私情をはさんで、ダメだとも思う。

でもダメなところなんてもっとある。だからここを出ていくとき、一つでいいから、そのダメなところを減らして帰りたくなった。

美容師さんはシャンプーのボトルが並ぶ棚へ行き、下の方にある小さな引き出しを開ける。取り出したのはプラスチック製の三十センチ定規。長さを確認しているらしい。

それが終わると、わたしの後ろで鏡を広げた。

「二十二・五センチ切ると、このくらいになりますけど」

示された場所は、だいたいわたしが想像していたくらいの長さだ。

もちろんそれで問題ない。

「お願いします」

「よろしいんですか？　普段通われている場所じゃないところで、そんなに切られても」

「普段通っている場所っていうほど、行っていません。一年以上放っておいたくらいですし。それに……そうして欲しいんです」

「サイドや前髪はどうしましょう？」

その辺も特にこだわりはない。ただ、あまりこだわりすぎても、こだわらなすぎても、美容師さん泣かせだろう。相談して、サイドは耳の下で、前髪は目の少し上で切ってもらうことにした。

「承知いたしました。頑張ります」

「ごめんなさい。無茶を言って」

「いえいえ。できる限りやってみます。まず、髪を梳《と》かしますね」

ブラシでゆっくりと、一本一本の髪をほぐしてくれる。毛が絡まっている部分はさらにゆっくりと梳かされる。

　パチパチと静電気が起きる。髪が横に広がった。

「いつも時間がなくて、何もしていないんです。トリートメントとか、きちんとすればいいんでしょうけど」

「疲れていたりすると、面倒になりますよね」

「そうなんです。本当のことを言うと、乾かすのも面倒になって、そのまま寝ちゃったりするんです。で、起きたとき頭が爆発していて後悔するんですけど」

「そういうこともありますよね。でも、濡れたままにしておくと髪が痛みますから、乾かすことだけはした方が良いと思いますよ」

「頑張ってみます」

　そう答えたものの、いつものペースに戻れば、やっぱりトリートメントはせず、濡れたまま寝てしまうかもしれない。

それでも、今の自分を少しでも変えたかった。

――ジャキ、ジャキ、ジャキ。

重かった頭が、少しずつ軽くなる。わたしの一年三か月分の時間が、ハサミが動くごとに消えていく。

奏との最初のデートは映画だった。

見に行ったのは刑事ドラマのテレビシリーズの劇場版。二人とも好きだった作品で、告白と同時に映画に誘われた。まるで公開日に間に合わせたかと思うくらいのタイミングだった。

無理やり休みを取って、何とかこぎつけたデート。奏は一刻も早く見たいと、初回を希望したけど、美容室へ行きたかったわたしは、昼過ぎの上映時間にしてもらった。

――ジャキ、ジャキ、ジャキ。

上映中はもちろん無言だった。だけどスクリーンの一歩外へ出た瞬間から、わたしたちは休む間もなく話し始めた。

やっぱり主役の樫木《かしぎ》明《あきら》は、最高だったね。あの目線、決め台詞。アクションシーン。

ずっとジレジレしていた、相手役の涌井田《わくいだ》優紀《ゆうき》と、ついにくっついたね。最後まで引っ張られたけど、こうなって欲しいって期待した通りの結末だったな。泣き顔、可愛かった。最後は上手くいくとわかっていても、ドキドキするんだよね。窮地に陥る主人公。絶妙のタイミングで助けにくる仲間。

良いよね。映画やドラマ、楽しいよね。学生のようにはしゃいで、そのあとお酒を飲みながら、何時間も話していた。出会った日とは打って変わって、奏はよくしゃべった。

――ジャキ、ジャキ、ジャキ。

二度目のデートは、恋愛ドラマのロケにエキストラとして参加した。渋谷の交差点で、数年ぶりにすれ違う主人公の二人。その周りにいる一般人を熱演……通行人の一人だったけれど、奏はそれで構わないから参加したいと申し込んだ。

現場に知っている人はいないかな、とわたしはビクビクしていたけれど、通行人に目を留める人はいなくてホッとした。

彼は初めて間近で（一瞬すれ違っただけ）見た俳優さんに、同性でありながら周りの女子と同じくらい、カッコいい、を連発していた。

オンエアのとき、虫眼鏡を使っても見えないくらい小さなわたしたちの姿を、録画した映像を何度も再生して探した。結局奏は、ＤＶＤまで購入した。

――ジャキ、ジャキ、ジャキ。

三度目のデートはわたしの部屋でDVDを見た。彼が来る前日、二時間も片づけたのは、日ごろ仕事が忙しいせい……にしておく。樫木明がデビュー間もないころ、単発ドラマのわき役で出た作品を、たまたまわたしが録画して残しておいたから、それを一緒に見ることになった。

奏はその日、わたしの部屋に泊まった。

初めての恋愛ではなかったし、初めての経験ではなかったけれど、奏と迎える初めての朝は楽しかった。

——ジャキ、ジャキ、ジャキ。

そのあとのデートも、多くは映画とDVDの鑑賞だった。

見終わったあとに感想を語り合うのも、一緒に過ごすのも、どちらも楽しかったけれど、わたしたちには……わたしには、共有する時間が少なすぎた。

相手が我慢の限界を超えていることすら気づけなかった。

奏が何を考えているかなんて、考える余裕がわたしにはなかった。

何をしていたんだろう。一年三か月もの間、わたしは彼を苦しめていたのだろうか。

——ジャキ、ジャキ、ジャキ。

「短いと、乾かすのが楽になりますよ」

考えにふけっていたわたしは、すぐに返事をすることができなかった。

「シャンプーも、今までより量が少なくてすみますから」

「……そういえばそうですね。しばらく長かったので忘れていました」

「その代わり、先ほどまでの髪型よりは、寝癖が目立つかもしれないので、ブローが必要になるかもしれないです」

「あ、寝癖は全然平気です。わたしのことなんて誰も気にしませんから」

「そんなこと、ないと思います。自分が気づかないだけで、見てくれている人はきっといます」

決して強い口調ではない。大きな声でもない。それなのに後ろから聞こえる声は、ハサミの音と重なって、わたしの身体に響く。

美容師さんは、ハサミを動かし、櫛《くし》で髪をすき、少し離れて全体を見て、またハサミを動かす。

真剣な眼差しで、わたしの注文に応えてくれている。わたしを綺麗にしようとしてくれている。わたしの時間を巻き戻してくれる。

一年三か月分の時間を——。

「お加減でも悪いですか？」

「それとも、切り過ぎましたか？」

美容師さんがわたしの顔を覗き込んだ。

でも目の前にあるはずの、美容師さんの表情がよくわからない。さっきまでクリアに見えていた世界が歪んで、よく見えなかった。

もしかして泣いている？

ヤバい。取材中なのに、何をやっているんだろう。

こんなことが上司にバレたら、有休どころの話じゃない。クビになってしまう。

しかも失恋して旅に出て、髪を切って、泣くなんて、ドラマや歌の世界のヒロインだって、今どきしない。

泣いたことにさらに上乗せして、恥ずかしさが倍になった。

「ごめんなさい！　これはその……気にしないでください。個人的なことなので」

気にしないでと言われて、気にしない人はいないと思うけれど。

それでも、もう一度「ごめんなさい」と言うと、膝の上にティッシュ箱を置かれた。

「使ってください」

「ごめんなさい」

「え？」

「大丈夫です。涙なんて、あくびやクシャミと同じですから」

「え？」

「生理現象の一つですよ」

決して強い口調ではなかったけれど、言い切られたせいか、そうなのかも、と思う。

「……面白い考え方ですね」

「そうですか？　まあ、泣くことに理由を求めないようにしたからかもしれませんね」

「泣くことに理由？　もしかして、美容師さんにも——」

わたしの質問にかぶせるように、声が割り込んできた。

「申し訳ありません！　それ以上の会話は、お控えください」

入り口にいた刑務官の女性が、わたしたちのすぐ近くに来ていた。

「申し訳ありません。それ以上は……」

踏み込みすぎた質問だったらしい。

「……すみません」

忘れていた。ここは、いつもの美容室ではなかった。

それから美容師さんは黙ったままだったけれど、表情が少し変化したように感じられた。

気のせいかもしれない。マスクで顔のほとんどが隠れているのだから、考えすぎかもしれない。

ただ、泣くことに理由を求めずに、泣き続けた何かが、この人にはあったのかもしれない、と思った。

この人に、何があったのだろう？

何をして、ここへ来ることになったのだろう？

犯罪者だということを忘れそうになるくらい、どこにでもいそうな女性に、いったい何があったというのだろう。

ハサミを置いた美容師さんは、今度はその手にレザーを持つ。

「これで、全体を調整していきますね」

シュッシュッと、削ぐように毛先をカットしていく。

最初にレザーを使われたら、怖かったかもしれない。でも今はそんな怖さは微塵《みじん》もなかった。

生理現象と言われたわたしは、あふれる涙を流しっぱなしにしながら、視線を落とした。

床には一年三か月分――彼と過ごした時間が広がっていた。

優しい奏は、ギリギリまで我慢をしたはずだ。約束をして、そのたびにキャンセルされても「仕事だから、仕方ないよ」と言ってくれた。

でも次は、次こそは、と変更されるたびに、愛情と信頼が減っていく。

今わたしが、言葉の限りを尽くして、別れを撤回してもらったとしても、本当の意味で元には戻れない。今よりも綱渡りの付き合いで、きっとまた、同じことになる。

ごめんなさい、ごめんなさい。

優しいあなたに、疲れたなんて言わせるような真似をして。

きっと、何度も言おうとしていたんだろうけど、その隙すらわたしが与えていなかったのかもしれない。

だとすれば、わたしが返す言葉は……。

「いかがでしょうか？」

呼びかけられたときには、涙はもう止まっていた。

美容師さんは、わたしの頭の後ろに鏡を広げて説明を始める。

「お客様の髪は、一番長かったのはこの部分でしたので、そこから二十二・五センチ切り、全体の長さを調整しました。サイドは後ろよりも少し短めにして、前髪は目の少し上。あとは毛先を軽めにいたしました。こちらで、よろしいでしょうか？」

「あ……」

鏡の中には、一年三か月前のわたしがいた。

徹夜明けよりもさらにひどい、ボロッボロの顔だったけれど、髪はスッキリとしている。

わたしが笑うと、鏡の中のわたしも笑う。

さらに笑うと、もっと笑う。

「凄く……気に入りました」

ああ、きっと。一年三か月前のわたしは、こんな笑顔で、彼に会っていたんだ、と思った。


カバンを受け取り、わたしがドアに手をかけると、美容師さんは「ありがとうございました」と深々と頭を下げた。

正面から向き合って改めて見ると、やっぱり美容師さんのお団子はかなり大きい。

「美容師さんも、長い間切っていないんですか？」

この質問もダメだろうか。

そう思ったが、刑務官の女性は聞かないふりをしてくれているのか、何も言わない。

美容師さんは悩むように少しうつむいた。

「そう……ですね。人の髪を切っていて、自分は伸ばしっぱなしってダメですけど」

「ダメってことじゃないです。その髪型、似合っていますから」

「ありがとうございます」

やっぱり、マスクのせいで表情はよくわからない。でも、わたしには笑顔に見えた。

あおぞら美容室を出ると、本物の空にもう、赤く染まっていた。

髪が風に揺れる。毛先がチクチクと頬を刺す。忘れていた感覚だ。

カバンからスマホを取り出して、もう一度奏のメッセージを読み返した。

『別れよう、この状況は続けられない。もう疲れた』

やり直したいという気持ちはもちろんあるけど、それは彼を傷つけるだけだろう。彼の中では、もう終わっていることだから。でも、きちんと返事だけはしておきたかった。

『今までありがとう』

すぐにスマホをしまう。

これでしばらく、プライベートに潤いは一滴もない。だとしたら、今は仕事を頑張るしかない。

使われるかわからない、と言われたこの取材から、もっと踏み込んでみたいと思わせるくらいの資料を作って。

刑務所の門を出ると、歩道にオレンジが転がっていた。

四、五……全部で八個ある。高齢の女性が、かがんで集めようとしていた。かたわらには、持ち手がちぎれたビニール袋があった。

わたしは足元のオレンジを二つ拾い、女性に声をかけた。

「袋、大丈夫ですか？」

「平気、平気。こんなこともあろうかと、予備があるの。最近スーパーの袋、持っていくと二円引いてくれるでしょ。だから何度も使っていたら、弱ったんだろうね」

わたしがオレンジを渡すと、笑顔でありがとう、と言ってくれた。

「アンタ、今ここから出てきたの？」

女性は刑務所の看板を指さした。

「はい。髪を切ってきました」

「え？」

「ここ。素敵な美容室があるんですよ」

二章　鈴木《すずき》 公子《きみこ》

「うん、うん。そうそう。わかるわあ。そうなのよね。うちもそうだったわあ」

相づちの合間に、バリっと煎餅《せんべい》の割れる音が加わる。

新製品と書いてあったから思わず買ったけど、ずいぶん硬い煎餅だった。噛んでいると脳みそが揺さぶられるような感じがして、会話に集中できない。

「まあ、思うようにならないのは、当然よね。良いことばかりじゃないわよ。同居なんて。うちだって、しょっちゅう喧嘩ばかりして、しまいには別居でしょ」

バリバリバリ。

やっぱり硬すぎる。ああもう、定番商品を買うべきだった。でもそんな後悔よりも、問題は残りの十四枚の煎餅をどうするべきか。

しかも、かなり塩辛い。血圧が上がってしまいそうだ。

「アンタも食べる？　いらないよね。わかってるって。大丈夫よ。本当にテレビと会話ができると思うほど、まだボケてないから。ただこのお煎餅がねえ……」

いくら個包装とはいえ、外袋の封を開けた菓子をあげられるほど親しい知り合いはいない。

仕方がない。もったいないから、チビチビと食べるしかなさそうだ。

結論がでたところで、テレビのリモコンに手を伸ばして『切る』のボタンを押した。音が消えると、家の中はとたんに静かになる。

自宅前の道路は、ほとんど車が通らない。小学校の登下校時刻になれば、少しは子どもの声も聞こえるが、それもこのご時世。近所を見まわしても、子どもよりも高齢者の方が多い。はしゃぎ声よりも愚痴の方が耳に届くくらいだ。

もっとも人のことは言えない。アタシだってもう、世間様でいう高齢者の一人。まだ足腰は丈夫だし、一人暮らしで大きく困るようなことはない。でも、ボケたというほどでもないけど、物忘れはする。

この間も、コンロにヤカンをかけたまま、洗濯物を取り込んでいたら、すっかりそのことを忘れて、気が付いたときにはお湯は半分くらいにまで減っていた。さすがにこのときは肝が冷えた。

でも、今のところ惨事には至っていないし、誰にも気兼ねすることのない一人暮らしは、まあまあ快適だ。

不満があるとすれば、話し相手のいない毎日は少しだけ物足りない。ほんの少しだ。

四年ほどこの場所を離れていた間に、幸代《さちよ》ちゃんも、昌枝《まさえ》ちゃんも、ハツミちゃんも、老人ホームに入るか、病院に入るか、墓に入るかしてしまって、仲の良かった友達とは簡単に会うことができなくなってしまった。

「もしかすると、ハツミちゃんに会うのが一番簡単なのかもねえ」

ハツミちゃんの葬儀には二年前に参列した。もっとも、ハツミちゃんはアタシよりも八歳年上だったから、後を追うにはまだちょっと早い気もする。世間的にどう思われるかわからないけど、アタシとしては、七十二歳で知人が亡くなったとしたら『早すぎるわよ』くらいは言う。

「猫でも飼えばいいのかしら」

そうしたら、少しは日常に張り合いができるだろうか。ただ、動物はこれまで飼ったことがないから面倒くさいとも思う。

四年くらい前から、何もかもが面倒くさくなった。食事の支度にしたって、昔は手の込んだものを作っていた。子どもが小さいころは、ケーキだって手作りした。けれど今はスーパーの総菜か、作ったとしても一度に大量に調理して、それを数日かけて食べている。

昨日、引っ越してきてからの、最後の段ボール箱の整理が終わった。できる限り物を少なくしたつもりだったが、七十二年も生きていれば、捨てられない思い出は増えていく。

その箱には、子どもが小さかったころのアルバムが入っていた。

子どもは二人いる。第一子は息子。第二子は娘だ。二人とも大学は東京へ行き、そこで就職し、結婚相手を見つけ、家庭を築いた。表彰されるほど優秀でもないが、人の世に反することもない。

これはまあまあ、幸せなのだろう。

アルバムを開く。息子の二冊目のアルバム。ちょうど、幼稚園に入園したころからの写真が貼ってある。

色褪《あ》せたカラー写真は、少しピントがボケていた。

「ベソかいちゃって」

三、四歳くらいのころだろうか。半袖半ズボン姿の息子が庭先に立っている写真だった。子育て中は無我夢中で怒ってばかりだったけど、寝顔を見ると癒されたし、毎日の生活に張りがあった。近所の家の犬に吠えられて泣いている姿も、アイスクリームを食べて満面の笑みを浮かべている姿も、運動会のかけっこで、一等賞を取って得意気な顔も可愛かった。

台紙を一枚めくる。目に留まったのは、コンクリート造りの門の前で、アタシと息子が手をつないでいる写真だった。

「そういえば、このときも泣いたのよね。耳のそばでハサミの音がするのが怖いって……」

これが初めての美容室だった。それまではアタシが家の庭でカットしていたけど、七五三を控えていたから、お店で切ってもらった。

あのころは今のように巷に安い店はなかった。転職したばかりの夫の給料は安く、やりくりに必死だったから、アタシもたまにあの店に行っていた。

綺麗に刈り上げられた息子を写真に残そうとカメラを構えてみたものの、息子はアタシの手を離さなかった。だから、ちょうど通りがかった人に、頼んでカメラのシャッターを押してもらった。

泣いたあとだったから、写真の中の息子の目は腫れぼったい。アタシの右手をつかんでいる指が、震えながらも食い込んでいた感触を、今でも覚えている。

「子ども心に、感じるものがあったのかしら」

テーブルの上の籠のオレンジに手を伸ばす。特売だから思わず買ってしまったが、持って帰るのに難儀した。おまけに一人暮らしには多すぎて、残っているオレンジの皮は、水分が抜けて、みずみずしさが足りない。

「これも食べなきゃね」

それでも食べ物はまだいい。しなびたオレンジはジャムにすればいいし、煎餅だって細かくすれば食べられる。

『ここ。素敵な美容室があるんですよ』

刑務所の前の道路で、オレンジを拾ってくれた女性はそう言っていた。気になったのは、表情は明るいのに、この写真の中の息子と同じように、目を赤くしていた理由……さすがにアタシでも、初対面の人に、そんなことまで聞けない。

美容室で嫌なことがあったのなら、素敵な、とは言わないだろう。

柱にぶら下げている鏡に顔を映す。

そこにはボサボサ頭で、白髪交じりのバーサンがいた。

「最後に美容室へ行ったのは……」

しばらく美容室へは行っていない。

年金暮らしのアタシに余裕はない。ただあのころと違って今は美容室も多い。駅の近くには、十分千円のカット専門店があったし、バスで二十分の場所にある大型ショッピングセンターの中には、手ごろな価格の美容室があったはずだ。

もう一度、息子の写真に目を落とした。

美容室へ行った翌日、登園すると、先生からも友達からも、そして当時好きだった女の子からも、髪型をほめられ、前日の号泣は何だったのかと思うくらい、たいそうご機嫌になった。

ただ、そのあとちょっと面倒なことにもなった。

「わざわざ、行く場所でもないのよねぇ……」


わざわざ来る場所ではないけど、刑務所は日々の買い物の通り道にある。

特売のジャガイモを片手に、門の前に立った。

「これも何かの縁かしら」

先日、ここの前でオレンジを落とさなければ。

あのとき、オレンジを拾ってくれた女性が、美容室を利用していなければ。

あの日、晴れていなければ。

一人暮らしだと、毎日買い物をしなくてもいい。だから、雨の日はあまり外出をしない。

門も建物も、すっかり当時の面影はなかった。かなり前に、大きな改修工事をほどこしていたことは覚えている。もっともそれも二十年くらい前の話で、全体的に古めかしい印象があるのは否めない。

門の近くにいた守衛さんが、アタシの方を見ていた。

「美容室で、髪を切ってもらいたいの」

守衛さんはアタシよりは若い。とはいえ、高齢者の一歩手前くらいの年齢だろう。風邪なのかタバコのせいなのかわからないけど、少しかすれた声で言った。

「予約はされていますか？」

「あら。予約っているの？　前はそんなの必要なかったような気がするけど」

とは言ったものの、昔がどうだったか、なんてことは覚えていない。予約をしたような気もするし、しなかった気もする。さすがに昔のこと過ぎて、記憶があいまいだ。

「以前にも利用したことがあるってことですよね？　いつごろのことですか？」

「アタシの髪がまだフサフサの艶々《つやつや》で、黒々していたころよ」

はあ？

守衛さんの口は、確実にそう動いた。声に出さなかったことは評価してあげよう。

このバーサン、ボケているんじゃないか？　ここへ入れて大丈夫か？

そう思っているのか、守衛さんはアタシの頭のてっぺんから、足のつま先まで値踏みするように二回縦に視線を動かした。

「懐かしくなって来てみたの」

「……わかりました。あいていれば、利用できるようですから、ちょっと聞いてみます。いいですか？　そこで待っててくださいね」

やれやれ。取り扱い注意の札を貼られてしまったらしい。

ここで揉めて、つまみ出されたら元も子もない。ひとまずおとなしくする。

電話ボックスよりも少し大きな箱の中に、守衛さんが入って行った。中でチラチラとアタシの方を見ながら電話をしている。

ものの数十秒で、またアタシの前に戻ってきた。

「大丈夫だそうです。受付の方で精算してから、美容室の方へお越しください、とのことです。場所、おわかりになりますか？」

「四十年前と建物が同じかどうか、そこから説明してもらえたらね」

答えるのが面倒になったのか、守衛さんは黙ったまま、付いてこい、とジェスチャーする。受付まで案内された。

そういえば、昔もこんな場所を通った気もするし……通っていない気もする。それに、昔あった場所に、美容室の建物がない……ような気がする。

薄れた記憶に頼ることは無駄だということだけは理解した。

受付では、制服姿の若い娘さんが、笑顔で応対してくれる。

「今日はどうされますか？　これからのお時間ですと、パーマは終了しているので、可能なのはカットかカラー。あとはシャンプーになるそうです。シャンプーはほかのメニューと組み合わせることは可能です」

「そうねえ……」

身綺麗にしている高齢者も少なくはない。テレビに出ている女優さんなんて、七十歳を過ぎても、若々しい人も多い。でも頑張ったところで、七十代が三十代になれるわけでもないし、誰もアタシのことなんて、見ていないだろう。

「じゃあ、カットをお願いしようかしら」

「承知しました。では九百円になります」

やっぱり安い。これが、ちょっとしゃれた美容室へ行けば、カットだけで五千円はかかる。カラーやパーマをすれば一万円では足りない。この値段は、年金暮らしの年寄りの財布にも優しい。

「ここって予約が必要なの？」

「そうですね。今日のように、誰もいなければご利用いただけることもありますが、ご予約の方が優先になりますので、予約していただいた方が確実だと思います。場合によっては、閉める日もありますし。ご予約の際は、こちらの番号にお電話いただければ、すぐにお返事できますから」

名刺サイズの紙に店名と電話番号が書かれていた。裏を見ると、利用できる曜日や時間も書いてある。年末年始などと、週末はお休みのようだ。

「ついでに聞くけど、四十年前も、予約が必要だったかしら？」

「え？」

二十歳ソコソコのお嬢さんにとっては、ベルリンの壁の崩壊よりも昔のことで、質問の意味が理解できていなかったようだった。

「ごめんなさいね。そんな昔のこと、知らないわよね」


このトシになると、新しいことを覚えるよりも、忘れることの方が多い。忘れたことに気づければまだマシで、沈んでしまった記憶が沈みっぱなしということも、珍しくなくなった。

それでも、この美容室が昔と違うことは、店の中に入った瞬間、アタシにもはっきりとわかった。初めて来た場所だと、サボり気味の脳が瞬時に判断した。昔はもっと、くすんだ色をしていた。

「いらっしゃいませー」

刑務官だろう制服姿の中年女性が、カウンターの前で頭を下げた。

「お荷物お預かりしますね」

あまりにも愛想が良いものだから、来た場所を間違えたかと思うくらいだった。

やっぱりみんな、刑務所という名前に惑わされている。少なくとも昔はそうだった。幼かった息子は、最初こそここの美容師がどんな人なのか理解していなかったが、小学校へ上がるころになると、同級生からの情報で『警察に捕まった、悪いことをした人』ということを知った。

純粋な子どもは、ときとして大人以上に残酷になる。

『犯罪者に髪を切ってもらっている』が、いつしか『犯罪者と知り合い』になって、最終的に、息子のあだ名が『犯罪者』になってしまった。結果として、息子はここへ来ることを拒んだ。

「いらっしゃいませ」

衝立の向こうから、エプロン姿の二十代くらいの女性が姿を現した。

刑務官さんが「こちらが、本日の美容師さん。本日って言っても、彼女しかいないから、いつも本日の美容師さんですけどね」と紹介し、こちらへどうぞと案内された。

美容師さんはクロスを片手に「よろしくお願いいたします」と一礼する。

「今日はどのようにいたしますか？」

「この辺がうっとうしいのよね」

アタシは首元に右手をあてた。

「しばらく切られていなかったみたいですね。整えるくらいではなくて、かなり短くしたいということですか？」

「そうね。サッパリして欲しいの」

「どのくらいお切りしたほうが良いですか？」

「だから、サッパリよ、サッパリ。深く考えないで、ちゃちゃっと切ってくれればいいから。何か月か切らなかったら、ボサボサになってみっともないから、見苦しくないようにして欲しいの」

「でももう少し、具体的におっしゃっていただいた方が、イメージに近づけると思うのですが……」

「そう言われてもねえ。イメージそのものが、アタシの中にないんだもの、説明のしようがないわよ」

何となく、雰囲気で伝わってくれないものかしら。

今まで行っていた美容室はたいていこれで通じた。もっとも、出来栄えにいつも満足していたわけではない。まあこんな感じかなと思って、店を出たことは何度もある。

「雑誌を見てもらったら？」

会話に割り込んできたのは、受付にいた刑務官さんだった。

すすっと近づいてきて、アタシの顔を見た。拝むように、手のひらを合わせた。

「ごめんなさいね。まだこの人、慣れていないの。だからちょっと面倒かもしれないけど、写真を見て、こんな感じって言ってもらえると、やりやすくなると思うの。サッパリっていうとたぶん、襟足短めで、毎日のお手入れも簡単に、ってことだと思うんだけど」

「そうそう、そんな感じ。それでお願いするわ」

「でも、襟足短めって言っても、刈り上げるくらい短くするのか、首が出るか出ないかくらいにするのかとか、結構違うみたいなの。だから、写真から選んでもらえると助かるかな」

結局、持ってきてもらった雑誌から髪型を選んだ。刈り上げの一歩手前、くらいの長さだ。

「今日は時間がないのでパーマをかけられませんけど、トップの部分にゆるくかけても……良い感じになると思います」

「あら」

細かいやり取りを面倒だと思うことを理解してくれたらしく、良い感じ、の一言でまとめてくれる。

美容師としての技術はまだ、一人前の手前くらいかもしれないけど、会話の勘は良さそうだ。優しそうな目に、落ち着いた口調。穏やかな声。おしゃべりな刑務官さんと面白いコンビだ。

「今、準備をいたしますね」

首にタオルを巻かれ、クロスに腕を通す。ブラシで髪を梳《と》かしてもらう。

「どちらでこの美容室をお知りになりましたか？」

霧吹きで髪を湿らせ、カットが始まった。

「そうそう。この前、ここの門の前で、アタシがオレンジを道に落としたのを拾ってくれた人がいたの」

「オレンジですか？」

「そう。特売だからって大量に買っちゃったのよ。で、ビニール袋が切れて――そんなことはどうでもいいわね。ええと……そうそう。その、オレンジを拾ってくれた人が、素敵な美容室があるんですよ、って言うから、来てみようって。美容師さんと同じくらいの年齢の女性だと思うけど、常連さんかしら？」

「いつ頃ですか？」

「確か先週の月曜日よ。首筋が見えるくらいの髪型だったかしらね」

「ああ……はい、覚えています。そうですか。そんな風に……」

マスク越しの声はくぐもっていたけれど、嬉しそうな様子は伝わってくる。

「そうでなければ、懐かしかったからといっても、来たかどうか」

ジャキジャキと、髪を切り始めていたハサミの音が止まる。

美容師さんが、細かく瞬きをした。

「もしかして、初めてではなかったですか？　申し訳ありません」

「初めてみたいなものよ。四十年も前のことだもの。アタシだって、あの女性と話すまで忘れていたくらいだから。美容師さんなんて、まだ生まれるずーっと前の話よ。そこの人だって、ランドセルをしょっていたくらいじゃないかしら」

「あら、私のことですか？」

鏡越しに、刑務官さんがアタシらの会話をうかがっているのは見えていた。また、近くに寄ってくる。

「ランドセルか、セーラー服か。どっちにしても、若かったわあ。それにしても四十年ぶりって、ずいぶんと、お久しぶりですね」

「そうなの。何かとバタバタしていたし、アタシも最近まで別の場所に住んでいたから。だから、本当に忘れていたの」

ただ断片的ではあるけれど、初めてここへ来たときの息子の表情は覚えている。

幼い息子は、美容師泣かせの客だった。最初こそ、見知らぬ場所に恐れをなしていたが、二度目はもう、イスに座っているのは、せいぜい五分がいいところだった。

隣でアタシが絵本を読んでおとなしくさせようにも、そもそも本が好きでなかった息子は、半分も読まないうちにソワソワする。折り紙で遊んだり、絵を描いたりと、あの手この手を使い、さらに超特急でカットしてもらって、何とか終わらせていた。

息子が小学生になってしばらくしてから通うのをやめたため、ここでカットしてもらった期間は三年もない。

「ああでも、少しは覚えているわ。外観も内装も、こんなに洒落てなかったし、美容師さんも、二人……三人くらいいたかしら」

再びカットを始めた美容師さんが言った。

「確かに以前は、今より美容師が多かったときもあったと聞いています。ここの美容師が、多い方がいいのかはわかりませんけど」

「そうね。でも、前よりも素敵な雰囲気だし、アタシはここへ来て良かったと思っているわよ。あのとき袋が破けて、髪を切った女性と会わなければ、美容室のことを忘れたままだったと思うと、偶然って凄いわね」

「運命の出会いってヤツですね」

茶々を入れたのは刑務官さんだ。この人はきっと、友達と話しているときに、笑いを取る係に違いない。

「ただの偶然。運命の出会いなんて、あるわけないの」

「そんなことないですよ。私は主人と出会えたことが、運命と思っていますもの」

「うわー、客の前でノロケちゃって。この人、いつもこんな感じなの？　本当に刑務官？」

アタシが話を振ると、美容師さんはチラッと、刑務官さんの方を見た。

「そうですね。のろけ話は初耳でしたけど、普段もわりと……」

「そんなことないわよ。しゃべっているのは今日だけ。普段は、おとなしーく、しているじゃない」

刑務官さんは唇の前に、シーっと人差し指を立てた。

おどけた表情を見れば、それは嘘だとわかる。嘘というかジョークだ。

「刑務官さんがおとなしかったら、具合でも悪いと心配されるわよ」

「そうなのよ。前に親知らずを抜いて、痛くて黙っていたら、お客さんに〝ちょっと、今日はもう、帰った方が良いんじゃない？〟なんて言われたことがあったのよ」

美容師さんがアタシの方を見て、小さくうなずいていた。


昨今、何をするにもお金がかかる。年金は減額される。なのに医療費は上がる。生涯現役なんてスローガンを喜ぶのは、高齢者になっても政治家でい続けたい人たちのためにあるのだと思わずにはいられない。

それでも、ささやかな楽しみは味わいたい。

「いらっしゃいませー」

「今日はシャンプーをお願いね」

前回帰るときに美容室の予約を入れておいた。こうすれば、電話をする手間もいらない。

刑務官さんは、季節の挨拶よりも軽い口調で「今日はっていうか、今回も、ですよね」と言う。

美容室に来るのは一週間に一度。これで連続三回シャンプーにした。シャンプーは一番安くて三百円だからだ。

「悪い？」

「いいえ、全然。歓迎ですよ。大歓迎」

「嘘くさいわね」

「本心ですよ。お客さんに来てもらうと、私は楽しいですから」

「アタシもここに来るのが楽しいのよ。それに、自分で洗うより気持ち良いからね。マッサージもしてもらえるし」

居心地がいい。家にいるより気持ちが晴れる。気楽なはずの一人暮らしは何か物足りない。テレビとの会話もつまらない。

「ここに来るとねえ、忘れたことを思い出せるような気がするのよ」

「何を忘れているんですか？」

「それがわからないのよ」

「え？」

「何を忘れているかも、忘れているのよ」

刑務官さんは、きょとんと、目を見開いた。

今日も店のドアを開けると「いらっしゃいませー」と、アタシを出迎えてくれる。

「カットと白髪染めをお願いね」

「今日はシャンプーじゃないんですね」

「白髪染めすれば、シャンプーもセットでしょ？　それにたまには髪を黒くして、ちょっと若く見せようかと思って」

いつもなら、間髪を容れずに「どうして？」と返事が来るはずなのに、このときの刑務官さんは、考えるように眉間にシワを寄せた。

「もしかして婚活とか？」

「どうしてそういう発想になるの。今さらアタシを口説く殿方がいるわけないじゃない。万が一そんな人が現れたら、天国か地獄かしらないけど、あの世でジーサンが笑うわよ」

「あら違うんですか？　でもそんなこと言って、亡くなった旦那さんが忘れられないだけでしょ」

「ない、ない。結婚なんて、一度で十分。この歳になって、人さまの世話までするのは勘弁して欲しいわよ。こっちが世話してもらいたいくらいなんだから。旦那なんて、丸まったまま靴下を洗濯機に放り込んだり、時間があるからって、食事の支度をすると言えば、台所はビシャビシャ、グチャグチャ。そのくせ材料費は高いし、訳のわからない料理が出てくるし、手間がかかってしょうがなかったんだから」

「ああ……」

息を漏らした刑務官さんの目には、わかるわ、凄くわかる、という同意の色が見えた。

「でもそれなら、どうしてカラーを？」

「週末に息子がこっちへ来るって言っているの。放っておいて、白骨化したアタシを見つけたくないんでしょ」

「またまた。そんなこと言って。息子さんに会えるのが楽しみなのね」

くだらない話をしていると、美容師さんが、そろそろよろしいですか？　と、会話の隙間に、口を挟んできた。

初めて来店したときよりずっと、距離が近くなったと感じるのは、気のせいではないと思う。

ここへ来るのは今日で五回目。マシンガンの打ち合いのような会話に割り込むのも、上手になっている。

鏡の前に座り、クロスをかけてもらった。

「カットはどんな感じにしますか？」

「この前と同じにしてちょうだい。気に入ったから」

「承知しました。カラーのお色にご希望はありますか？」

「そうねえ……」

鏡をのぞいて髪をかき分けた。

アタシの髪は白と黒の割合が半々くらいだ。いや白髪優勢だけど、全体的に外側は白髪が、内側は黒髪が多めだ。

「黒髪の色に合わせるのが普通なんじゃないの？」

「その辺は、好みによって、だと思います。今ある、黒い髪と同じくらいにするのもできますし、全体的に少し明るめにする方もいらっしゃいますし。あとは……紫などを選ぶ方も、いらっしゃいますけど」

「紫……アタシ、あれはちょっと、苦手なのよね。人がするのは気にならないけど、自分がしたらって、想像すると、似合わないと思うの」

「そうですね。お客様の場合全部が白髪ではないので、紫色をいれても同一には染まらないと思います」

美容師さんは真剣な目で、アタシの髪を見ている。

そんなに悩まれても、紫色にするつもりはとんとない。若いころなら、冒険をしてみたけれど、今は無難に落ち着く場所を選ぶ。

「じゃあ、黒髪に合わせて全体を染めてもらおうかしら」

「承知しました。今、カラー剤を準備してきます。少々お待ちください」

美容師さんがアタシから離れると、刑務官さんがそばに来た。

「紫にしちゃえば良かったのに。もしくはピンクとか」

「そんなことをしたら、息子に何を言われるかわかったものじゃないわよ。ボケたか？気がふれたか？ってね。まあ、旦那ほど口うるさくはないけど」

「旦那さんは厳しい人だったの？」

「そうねえ……」

演歌の世界に出てくる、昭和の代名詞みたいな男だった。

仕事はしてくるけど、家庭のことは妻任せ。イクメンなんて言葉はなかった時代だったから、アタシもそれが当然だと思って、家事育児をしていたけど、浮気をされたときは、さすがにはらわたが煮えくり返った。

「自分に甘く、他人に厳しくって、感じだったわね」

「うわー、ヒドイですねー」と言いながら、刑務官さんは笑っていた。

本当にひどいと思う。馬鹿な人だと思うし、三十五年も前のことなのに、思い出すと今でもほんの少し、かさぶたが取れる前の痒《かゆ》さのようなものを感じる。だけど、死ぬ前にすでにアタシが許したことまで、思い出して傷つくこともない。

「まあ、旦那のことはもう良いのよ。文句はあの世へ行ってから言うから。問題は、息子なのよ……」

「前は同居していたのよね？」

「そうそう。って、どうして知ってるの？」

「この前来たとき、そんな話をしていましたよ」

「あらそうだった？」

あーやだやだ。先週話したことも忘れていた。先週来たことを忘れていないだけ、まだましだと思うか。

四年間、息子家族と同居した。でも一か月前に、地元へ戻ってきた。一人で住むなら、自分の生きてきた場所がいい。

「旦那より食事が面倒なの。そこは、アタシが甘やかしたせいもあるのかもしれないけど」

「どういうこと？」

「四十過ぎても、好き嫌いがあるの。だから一緒に生活するのは、結構大変だったのよ」

同居解消の一番の理由は、息子のお嫁さんと上手くいかなかったからだけど、その原因を、一人に押し付けるつもりはない。

息子も、お嫁さんも、アタシも、各々頑張っていた。その頑張る方向が、みんなバラバラだったに過ぎなかった。

駐車場から覚えのあるエンジン音が聞こえる。少しすると玄関ドアが開いた。

「ただいま」

四十年前の雅史《まさし》の声は、もっとかわいかった。当たり前だけど今は、年相応についた首周りの肉と、アルコールで焼けた喉のせいで、どこのオッサンかと思うカサついた声をしている。

居間にやってきた息子は、長距離運転のせいか、顔に疲れをにじませていた。

「はいはい、お帰りなさい。ご飯は?」

「途中のパーキングで食ってきた。母さんは?」

息子はアタシのことを「母さん」と呼ぶ。幼少期は「ママ」で、小学校に上がると「お母さん」に変わり、中学生くらいからは「ねえ」になって、社会人になったころには「母さん」になった。旦那が生きているころ、アタシって、ブリみたいな出世魚ね、と言ったところ、「ブリは成長するごとに、味に深みが増すが、オマエじゃあ、食えねえよな」と言ったから、その晩は、胸焼けするくらい脂ののったブリを食卓に出した。

「アタシももう、食べたわよ。それより、どうしたのよ」

「どうしたのって？」

「仕事、忙しいんでしょう？」

「うん。忙しいことは忙しい。でも、母さん一人にしておくのは心配だから」

「心配ねえ……まあ、顔を出してくれるのは、嬉しいけど」

いくらオッサン声になろうが、脂ぎった中年になろうが、自分の子どもが可愛くないわけはない。健康は損ねていないか、仕事は順調だろうか、心配は尽きない。離れていればなおさら考える。

「いつまでいられるの？」

「明日の昼には出るよ。夕飯前には家に帰って、月曜の仕事に備えたいし」

土曜日の夜に来て、日曜日に昼食を食べてから、ここを出発する。一緒に食事をするのは、明日の朝と昼だけだ。

冷蔵庫の中には、二食分以上の食材が入っている。おかずを持たせてあげようかと思ったが、すぐにその考えは消した。

同居でもめた原因の一つは食事だった。孫は小学生と中学生。息子夫婦は四十代。そこに七十代のアタシが加わる。食事の好みが合うわけがない。小さなことでも毎日の話。チリ程度の不満も積み重なると、火薬がぎゅうぎゅうにつまった爆弾になる。火がつけば、その瞬間に爆発する。

食材は自分で処理するしかない。

「由芽《ゆめ》や航《わたる》は元気？」

「ああ。祖母ちゃんがいないのは、ちょっと寂しいみたいだけどな」

お世辞とわかっていても、孫たちがアタシのことを思ってくれると、悪い気はしない。

「佳子《よしこ》さんは？」

「元気だよ」

「雅史もしっかりしなさいよ。一応、稼ぎ頭なんだから」

「一応ってなんだよ。信用ないな。母さんに言われなくてもやってるよ。ったく、俺のことより、自分の心配しろよ」

「そこまで年寄りじゃないわよ」

冷蔵庫からビールを取り出した雅史は、グラスでなく、そのまま缶に口をつけた。

オツマミくらい作ろうかと腰を浮かせると、雅史が缶を置いた。

「母さん、刑務所行ってるんだって？」

「え？」

「良くない噂がたっているみたいなんだよ」

「良くない噂って何？　誰が言ってるの？　そもそも、その話はどこから聞いたの？」

「そんなに、一度に質問するなって」

「じゃあ、一つずつでいいから答えてよ」

「それは……」

自分から切り出しておいて、雅史の口は重い。自分の息子ながら、イライラした。

「アタシが、良からぬことでもしているっていうの？」

「犯罪的なことじゃないのはわかってるよ。あんな場所、簡単に出入りできないし。ただ……」

そこで口ごもらず、話して欲しい。黙っていれば事態が良くなるとでも思っているのか。

同居が上手くいかなかった理由の一つに、雅史のこういった態度もあった。

家庭内でもめ事が起こる。事は主に、アタシと雅史の妻である佳子さんが発端だった。

嫁と姑。ドラマのネタの、ありふれた設定だ。

そしてドラマと同様、物語のキーパーソンは夫――雅史だ。つまり、母親と妻の間にいる雅史がその役割を果たすはずだったが、ドラマの男と同じく、どちらともめたくなくて、黙ってやり過ごそうとして、最悪の結果を招いた。

待ちくたびれたアタシは「鈴木《すずき》さん？」と訊《き》いた。

缶を持つ、雅史の右手に変化はない。

「じゃあ、高本《たかもと》さん？　それとも杉村《すぎむら》さん？」

杉村さん、のところで、右手がピクリと動いた。大型犬を飼っている、三軒お隣さんだ。その家には、六十代の夫婦と雅史と同じ歳の男の子が住んでいる。男の子という年齢じゃないことは承知しているけど、幼稚園から雅史と一緒だったから、中年になっても、子どもも時代を忘れられない。杉村さんの奥さんとは、会えば挨拶はする。狭い界隈。日常の買い物をするルートでもあるだけに、刑務所の門をくぐる姿を見られていても不思議じゃあない。子ども同士のネットワークが、今回の情報源だろう。

「美容室だろ」

「わかっているんじゃない。そうよ。やましいことなんて、これっぽっちもないんだから、気にしないで」

「するよ。中には面会のためにこっちに越してきたんじゃないかって、疑っている人もいるみたいなんだからさ」

「違うんだから、言いたい人には言わせておけばいいでしょ」

「そんなこと、できるわけないだろ。足しげく面会に通うなんて、刑務所に身内がいるのかって思う人もいるんだよ。だいたい、なんでその美容室へ行くわけ？」

「なんでって……安いし」

「他にも安い店はあるだろ。高い店に行きたければ、それくらい俺が払うよ」

「何言ってんの。自分の小遣いだって、そんなにないクセに」

「でも、刑務所へ行かなくてもいいだろ。俺があの店嫌いなことくらい、知ってるのに」

「知ってるわよ。だから、雅史が嫌がってから行かなかったでしょ？　でも今は離れて住んでいるんだから、そのくらい好きにさせて」

雅史の表情が曇る。少し言い過ぎたかしら、と思ったけれど、反対されたままでは困る。言うしかなかった。

「それにねえ、本当に不安に思うような場所じゃないのよ。行っても週に一回、多くても二回くらいの話よ」

「十分だよ！　年寄りが毎週のように美容室に行くなんて、普通はないから。俺たちと一緒に住んでいたときは、川柳のサークルに入っていただろ。こっちだって、そういうのはあるだろうし、また始めればいいじゃないか」

怒った顔は、父親と血のつながりを感じさせた。ああ、あの人もこんな顔をしていたな、なんてことを、興奮する雅史をよそに考えていた。

「川柳はもともと、好きでやっていたんじゃないの。時間や金銭的に、都合が良かっただけよ」

「じゃあコーラスや絵画は？」

「歌も絵も、学生のころから苦手だったわよ」

「母さんは何が好きなんだよ」

雅史がさらに興奮していく。アタシはそれを見ていて嬉しくなった。

「何笑っているんだよ？」

「一緒に住んでいたときの方が話さなかったと思ってね」

「今、何言ってんだよ。俺は、母さんが何をしたいか？と聞いているんだ」

「したいこと。さて、何だっただろうね」

雅史の顔が真っ赤になっている。アタシが話をそらしていると、思っているに違いない。

でも違う。本当に――。

「したいことなんて、もう……忘れたよ」

「だったら！　年齢相応におとなしくしてくれよ。こんな風に、変な噂がたつなんてことのないように」

「ずっと、していたと思うよ。あの家にいるときは、極力迷惑かけないように」

「迷惑……ね」

雅史は不満顔だった。それは雅史が望むおとなしさではなかったからだ。

仕事から帰ってきて、嫁姑の愚痴を聞かされる立場は、息子として十分迷惑を被っていたということだろう。

だからこそ離れたというのに、それ以上求められても困る。

「年寄りだからといって、ジッとさせたいなら、檻にでも閉じ込めなさいよ」

「そんなことできるわけないだろ……」

雅史の声はくたびれていた。目の前にいるのは、手を引いていた幼い息子じゃない。中年の男だ。

同じように、息子の前にいるアタシも高齢者だ。


雅史は日曜日の昼前には家を出た。

昼食はどうするの？　と訊ねたら、行きと同じく、パーキングエリアで食べると言った。最近のパーキングエリアの飯は結構美味いんだよ、とも言った。それくらいは知っている。お昼のテレビ番組を見ていると、大食いタレントや、昔のアイドルが、一口食べては目をつむり、大げさなリアクションをしているからだ。アタシはそんなときによく使われる「優しい味ですね」というコメントが一番嫌いだ。

優しい味って、無難な言葉だと思う。薄味で物足りないと感じても、優しい味、と言えば、褒め言葉になってしまう。

食材を使わねばと、いつもより手の込んだ昼食を食べ終えたアタシは、ちゃぶ台の上で、役所から届く広報誌を広げた。

公民館を利用した、地域サークルの一覧が載っている。平日の昼間は、たいてい年齢層の高そうな短歌や俳句、軽い運動を目的としたものか、逆に若い母親対象の子育てサークルが多い。

「当たり前よね。仕事や学校がある時間なんて」

夜になれば若い人も多いだろうけど、そんな場所にアタシが行っても煙たがられる。高齢者の居場所なんてなさそうだ。

「川柳ねえ……」

短歌にしろ、川柳にしろ、俳句にしろ、作品発表の場は面倒くさい。先生に教わるだけならともかく、サークル活動の場になると、メンバーの作品を褒めなければならないからだ。

もちろん上手い、と思う作品もある。

でも心の底から、上手い！　と思える素人の作品なんて、めったにない。つまり、ほとんどの時間は、自分の川柳を考えるのではなく、褒める場所を探す時間だった。

優しい川柳ですね、と言えばいいのだろうか。

パッとしない川柳も、そうすれば、褒め言葉になるかもしれない。

そうやって時間を過ごせば、息子の望む年寄りになるのだろうか。

「優しい年寄りになるのは、難しいね」

「うん、うん。そう……そうかしらね。一概に、そうとは言えないんじゃないかしらねえ」

スプーンですくったプリンを口に運ぶ。三個パックのゼラチンで固めたプリンは、つるりと喉を通る。でも口の中にいつまでも甘さが残る。カラメルソースも苦みより砂糖の味を強く感じた。

優しくない味は、アタシにちょうどいいのかもしれない。

「この番組もイマイチね。チャンネル回したら、何か面白い番組やっているかしら」

そういえば孫に、チャンネルを「回す」と言ったら、おかしいと言われた。生まれたころから、携帯電話と生きている孫たちは、チャンネルは「変える」もので、録画した番組を遡ることは「巻き戻し」ではなく「早戻し」と言うらしい。

まったく。年寄りに優しくないのは、プリンだけではない。

適当にリモコンのボタンを押す。土曜日の昼間は、興味を惹かれるものがない。

『この刑務所では――』

アタシの指は、そこで止まった。

番組は少し画面が暗く、淡々としたナレーションが流れていた。

『そうですね、ここへ来て、勉強できて良かったです。資格も取れたし』

新聞のテレビ欄で番組を確認する。

『実録、女子刑務所。塀の中の風景』

副題は、罪と向き合う、手紙と面会、出産と子育て、職業訓練、だ。再放送だった。

番組はすでに七割くらいが終わっていて、最後の「職業訓練」の特集らしい。

殺風景な一室で、パイプ椅子に女性が座っていた。

『勉強なんて、小学校で脱落したんです。中学はほとんど行ってなかったし。いわゆる不登校ですね。修学旅行も行きませんでした。だから、まさか三十を過ぎて、教科書を読むとは思いもしませんでした』

インタビュアーの姿はなく、質問は字幕が流れる。受刑者も背中しか映っていない。声も機械を通して変えてある。

番組の刑務所は、アタシが行っている美容室のところではなかった。

女性はホームヘルパーの資格を習得するための職業訓練を受けていて、それに関する質問だった。

なぜ今回、ヘルパーの資格を取ろうと思ったのかという質問に対し、しばらく沈黙が流れた。

『捕まったのは覚せい剤で、三度目なんです。最初は執行猶予がついて、刑務所には入りませんでした。でも、執行猶予の間にまた捕まって。今度は実刑になりました。ただそのときは、そんなに長くなくて、一年くらいで出ました。捕まるたびに、今度こそやめよう。ちゃんと仕事をして、こんな場所に厄介にならないようにしよう、って思うんですけど、しばらくするとクスリに手が伸びちゃうんです。学校も満足に行っていない前科者の私ができることなんて、限られていますし、隠していても、刑務所にいたことが知られると、そういう目で見られるようになるので。で、そんなときに、寂しさっていうか、悩みを共有して欲しくて、昔の……その……悪い知り合いと連絡を取ったりすると、そこからズルズルって……。結局は、自分の弱さですね』

女性は言葉を選ぶように話していた。

『勉強は楽しいかと訊ねられると、えへへ、と、ごまかすように笑いをこぼした。

勉強は……やっぱり好きにはなれないですね。でも、ここを出たあとのことを考えて、今は頑張ろうと思っています。資格があっても、仕事につながるかはわからないですけど……何もしなければ、また同じことの繰り返しだと思うので』

不安な気持ちをのぞかせつつも、前向きな言葉を聞くと、頑張って欲しいと思う。でも、その気持ちは、画面の中の女性に向けてというより、あの美容室にいる彼女に対しての想いだった。

ほとんどいつも、アタシと刑務官さんがくだらない話をしていて、あの人は聞き手に回っている。そうするしかできない立場だから、アタシも無理に話を振らない。

でもたまに。アタシたちのくだらない話を、楽しそうに聞いていることがある。マスクをしていて、表情を読むのは難しくても、呼吸の合間から、小さく肩を震わせている様子を見れば、それは伝わってくる。

刑務所を出たあと、彼女は美容師を続けるのだろうか。

そもそも、なぜ美容師になったのだろう。

どうして、刑務所に入っているのだろう。

いったい、何をしたのだろう。

その日はずっと、彼女の姿がアタシの頭から離れなかった。


黒く染めた髪も、一センチくらい根元が白くなった。

鏡を見るとため息が出る。さらに老け込んだ気がする。日がな一日、テレビに向かって話している生活に、張り合いがあるわけがない。

雅史が来たのは、アタシが持て余し過ぎた暇を、どうにも処理できなくなって、ぼんやりしていたときだった。

「連絡くらいしてから来なさいよ」

「良いだろ別に。俺の家でもあるんだから」

「雅史の家はここじゃないでしょ。どうしたの？　まさか夫婦喧嘩でもして、追い出されたんじゃないでしょうね」

手も洗わずに雅史は畳の上に仰向けで寝転がる。長距離運転に疲れたのかと思いきや、不貞腐れた顔は、昔から何度も見た表情だった。

「アラ嫌だ。本当に喧嘩したの？」

雅史は返事をせずに、ゴロンと身体を横にして、アタシに背を向けた。

「犬も食わないものを、歯の悪いアタシは食べないわよ」

「わかってる。ってかさ、別に追い出されたわけじゃないから」

「でも、出てきたのは雅史でしょう？」

「母さんのことが、心配だったんだよ」

まっすぐな言葉に、アタシの口から「ありがとう」がするりと出てくる。

でも、雅史のその素直な様子は、凹んでいるときだ。この子は昔からそうだった。

「夫婦喧嘩の原因は、アタシでしょ」

雅史は黙っている。

きっと前回来たときに、アタシの行動に不安を感じた雅史は、お嫁さんである佳子さんに、また同居しないかという話を持ち出したのだろう。それ以外に、アタシのことで言い争う理由はない。ただせっかく別居になったのに、もう一度一緒に住みたいと、佳子さんが思うわけがない。

夫もそうだったけど、男というのはまったくもって、わかっちゃいない。そんなに簡単に同居に戻れるなら、そもそも別居などしないのだ。

「あのねえ。そういうときは、奥さんの肩を持った方が良いのよ。まして、一緒に住んでいるわけじゃないんだから」

「一緒に住んでいないからだろ」

「どういうことよ」

「一緒に住んでいないから、心配なんだよ。何しているかわからないから」

「美容室なら最近行ってないわよ」

「そうじゃないよ」

寝ていた雅史が身を起こした。

「離れていると、やっぱり心配なんだ。母さん、年齢自覚しないし」

小さかったはずの子どもたちは大人になって、アタシは心配する側から、される側に変わった。

頼りないところもあるけど、雅史にも家庭があって父親になっている。立ち位置が変わった。それだけのことだ。

「そうかしらねえ。ババアになったとは思ってるわよ」

「そりゃ、シワも白髪も増えたけど、根本的なところは変わらないよ」

やっぱり雅史は女心をわかっちゃいない。佳子さんが気の毒になった。

一言余計《よけい》だ。

「これでもずいぶん、落ち着いたつもりだけどねえ」

雅史は同意してくれなかった。

「俺さ、覚えているんだ。小学校一年のころ、近所で火事が起きたときのこと」

「火事？」

「忘れたのかよ。子ども心に怖かったから、鮮明に覚えてるよ。母さんが家を飛び出して、手伝いに行ったことも」

思い出せないアタシが黙っていると、雅史は不貞腐れたように言った。

「〝お母さん、死んじゃうからダメ〟って腰にしがみついて止めたんだよ。それでも俺を振りほどいて、現場に行って、近所の人の避難誘導をしていた」

「……そんなこともあったかしらね」

記憶にないのだから、火事としての規模はそれほどたいしたことはなかったのだろう。

少なくとも怪我人はいなかったはずだ。

「細かいことまでは覚えてないけど、とにかく俺はあのとき、母さんは止めても無駄ってことだけは悟ったんだ」

「そのわりには、今回美容室へ行くのを止めたじゃない」

「いい加減、落ち着いたと思ったんだよ。……俺の思い違いだったけど。それにしてもさ、美容室なんてたくさんあるのに、母さんはどうしてあの店にこだわる？」

「そうねえ……」

アタシは窓から空を見た。

青空なんて別に、どこにいたって見られる。あの作り物の中に入らなくても、アタシは空を感じることができる。

でもあそこに行くと、アタシの話し相手になってくれる刑務官さんがいる。アタシの髪を切ってくれる美容師さんもいる。「いらっしゃいませー」とアタシを迎え入れてくれる声がある。

「上手く言えないけど、アタシはあの場所が好きなの。忘れていたことを思い出せそうな気がするの。だから……止められても行くわよ」

アタシがそう宣言すると、雅史は「もう諦めたよ」と、疲れた声で言った。

ドアを開けると、刑務官さんが出迎えてくれた。

「いらっしゃいませー」

当たり前のように、無言で両手を差し出される。傘を閉じてから、その手にカバンを預けた。

「お久しぶりです。しばらく顔を見ないから、体調でも悪いんじゃないかと、心配していたんですよ。ね？」

ね？　の視線の先には美容師さんがいる。アタシの方を見て、頭を大きく動かした。

「特にお変わりなく？」

「髪が伸びたことくらいしか、変わったことはないわね」

「それなら良かった。お席へどうぞ」

イスの前で待つ美容師さんのところへ行く。

座ると、首にタオルを巻かれた。ふかふかのタオルは、乾燥機から出したばかりなのか、ほんのりと温かい。

「今日は、雨ですね」

「そうね。これからしばらく、こんな季節が続くわね」

「暑すぎるよりは良いかもしれませんけど、ちょっと憂鬱《ゆううつ》になりますね」

「そう？　洗濯ものが乾かないのはちょっと困るけど、気分は悪くないわよ」

「雨がお好きなんですか？」

「いいえ。でも、気分は悪くないの」

いくら晴れていても、家にいるのはつまらない。たとえ雨が降っていても、ここへ来る方が楽しい。一人でじっとしていると気分が滅入る。

「今日は、カットとカラーですよね」

「そう。久しぶりだし、ちょっと気分転換にね」

「お色は、この前と同じにしますか？」

「いいえ、変えて頂戴」

会話に加わるタイミングを見計らっていたのか、後ろから刑務官さんが口を挟む。

「あら、どういう心境の変化？　しばらく来なかった間に、何かあったのかしら？」

「そうねえ。あったといえばあったし、なかったといえば、なかったわ」

「どういうこと？」

「婚活でも始めようと思って」

「え？」

「ええ！」

刑務官さん以上に、美容師さんが驚いている。いつもより、二倍くらい大きく目を見開いていた。

「そんなに驚くこと？」

二人が同じように首を縦に、大きく振っていた。

「冗談よ」

半分くらいは。残りの半分は、それも面白い、と思う。きっと雅史は反対するだろうけど。

「アタシ、最近思い出したの」

興味津々の様子で、刑務官さんが顔を近づけてきた。

「何をです？」

「自分は好奇心旺盛で、わりと後先考えずに、動くってことを。気になることがあったら、放っておけないっていうか。しばらく忘れていたんだけど」

「ここへ来なかった間に、それを思い出した、と？」

「そんなところね。で、とりあえず。ここへ来て、おしゃべりして、髪をいじってもらうのが、今したいことなのよ」

刑務官さんがポンと自分の腕をたたいた。

「あら素敵。じゃあ、ウンと綺麗にしますね」

「するのは、私ですけど」

ポツリと、美容師さんがつぶやく。

それはそうだわ。

アタシと刑務官さんの声が重なる。

窓に打ち付けられる雨の音よりも、美容室の中には、笑い声の方が強く響いていた。

三章　加川《かがわ》　実沙《みさ》

カーテンの隙間から差し込む光がまぶたを刺激する。目を開けると、部屋の中がぼんやりと明るくなっていた。

「あーあ……」

目覚まし代わりのスマホを見ると、あと五分は寝ていられる。この考えが危ないと知っているのに、往生際悪く目を閉じた。

十年勤めた職場を辞めたのは十か月前。引っ越して、新しい職場に勤めて三か月。前職の経験を生かしつつ、新たな挑戦がしたくて、希望を抱いてここへ来た。けれど、実際に働いてみると「こんなはずじゃなかった」と思うことばかりで、時間を積み重ねるごとに、それがしぼんでいく。

行きたくないな、と思う。思うけれど働かなければ生活できない。意思ではなく義務が身体を動かす。私は布団から出た。

カーテンを開けると、青空が見える。雨続きの中の、久しぶりの晴れ間だった。

「あーあ……」

やっぱり、ため息しか出ない。

朝食用のパンをオーブントースターにセットし、コーヒーを入れる。労働が生活の義務ならば、食事も生きるための義務だ。歯を磨いて、顔を洗って、パジャマから通勤着に着替える。

一つ一つの動作をしていくうちに、行きたくないという気持ちを何とか押し込める。

玄関のドアを開けて鍵を閉めれば、あとはもう諦めるしかないのだと、気持ちよりも先に足が悟ってくれる。一度歩き出してしまえば、すぐに職場だ。ほぼ敷地内にある官舎は、塀の中の建物と隣接している。

「おはようございます」

すれ違う同僚に挨拶するのは、どこの職場でも変わらない。だけど、ぐるりと囲まれた塀に、同じ服を着た人たち。二十四時間監視され、行動のすべてにチェックが入る。

見られる方はもちろん、見る方だって息が詰まることがある。仕事だと割り切ればいいのだろうけれど、今のところまだその域には達しない。

慣れる日が来るのだろうか。それとも……。

毎日私の心は揺れている。

刑務所では洋裁や木工製品などを作る、刑務作業を行っている。それとは別に、職業訓練を受けることもできる。施設によっては自動車整備士や介護士の資格が取れる場所もある。私の勤務先には美容学校があった。もちろん一般の人は入れない。全国各地の刑務所にいる女性受刑者の中から希望を募り、認められた人が二年間学び、国家試験を受験する。私の仕事は、この美容学校で教えることだ。技官とか作業専門官と呼ばれている。

学費は無料。だから希望者が殺到するかと思いきや、意外にもそれほど多くはない。もちろん、希望者がすべて入学できるわけではないから、実際に今私が教えているのは、希望者の中から認められた七人というわけだ。

希望して、選抜されたメンバー。その言葉に私は、期待をしすぎていたのかもしれない。もちろん表立って反抗することはほとんどない。刑務所では反抗的な態度や、指示以外のことをすると、懲罰の対象になるからだ。特に美容学校にいる受刑者は、かなり態度が良好な人たちと聞かされていた。

ただし、この中では、である。

全員向学心に溢れ、再起に向けて学べることを楽しみにしているのかと思いきや、そうとは限らなかった。

もちろん、それほど不思議なことではないのかもしれない。私が学生だったころも、自分で希望して入ったはずの学校に、来なくなる人は何人かいたからだ。

やっぱり辞めます、今日はサボります、と、自分の意思で行動できる場所なら、選択肢もあるけれど、この中では嫌でもやるしかない。

実技のイメージが強い美容師だが、座学の授業もある。テキストを読んで、必要な場所を覚える。授業を開始して三か月。国家試験対策の勉強は、思うようには進んでいなかった。

「テキストの二十ページを開いて」

声をかけても、一人だけテキストを開かない受刑者がいた。私の方を見ていた。にらんでいる、と言ったほうが適切かもしれない。

勤め始めて三か月経って、怖いと思うことは少なくなった。だけどこの視線には慣れない。たぶん、不安を見透かされたくないんだと思う。

「佐藤《さとう》！　なんだその目は」

同じ部屋にいた若い刑務官が、受刑者に近づいた。

「さっさとテキストを開け！」

まだ二十代前半の刑務官が、威嚇するように声を張り上げる。一瞬だ。一瞬で、彼女らが反論できないこと、立場をわからせる。若くても高校卒業後すぐに刑務官の道を選んだ彼女は、私よりもずっとベテランだ。

佐藤受刑者は目線を下げ、言われた通りにテキストを開く。

「モタモタするな」

自分のことを言われているわけではないのに、怒鳴り声を聞くのはいつまでも慣れない。私が叱責されているように感じてしまう。

転職をすでに後悔していた。現場を離れてからの期間は今ならまだ短い。美容師として戻りたいのなら早い方が良い。

そんなことを考えながら、努めて平静を装う。

美容師として店に勤めているころも楽ではなかった。混雑時には食事もとれず、十時間以上立ちっぱなしで仕事し続けたこともある。同僚が病気で倒れたり、突然辞めたりして、人手が足りなくなったときには、休みなく働き続けたこともあった。

だけど、そのときの辛さと、今の辛さは違う。

例えていうなら、美容師時代は長距離を走り続けて苦しかった。ただゴールがあることは知っていた。苦しければ足を止めて呼吸を整えることができた。

でもここは、海を泳いでいるみたいだ。ゴールがわからない。どこまで泳げば岸にたどり着けるかわからないまま、手足を動かしている。動きを止めれば私は溺れてしまう。

だから私は、もがくしかなかった。

美容科を専任で受け持つのは私一人だけれど、科目は多岐にわたっているため、すべてを教えられるわけではない。そのため、外部から専門の講師に来てもらうこともある。そんなとき刑務官は立ち会うが、私は空き時間になる。といっても仕事をしなくていいというわけではなく、外部からの客が利用する、美容室の方へ呼ばれることもあった。

美容室は塀の中にあるが別の建物だ。ドアを一枚、一枚とくぐって外へ近づくと、酸素が濃くなっていくような気がした。

美容室のドアを開けると、すぐに「いらっしゃい、待っていたわよ」と私を出迎えてくれた。

声をかけてくれたのは、刑務官の菅生《すがい》さん。お客様を迎える場所にいるからかもしれないが、刑務所という場には異質なくらい、にこやかな女性だ。

張り詰めた勤務中、ここだけはホッとする。

「どう？　少しは仕事、慣れた？」

「まあ……」

言葉も態度も正直すぎた。

菅生さんは、できの悪い子どもを慰めるように、ポンポンと私の肩をたたく。

「あまり考えすぎないで、力を抜いて。ガッチガチじゃない。何だったら、今、マッサージしてもらう？　ちょうどお客さんいないし」

「勤務中ですから……」

「そうねえ。誰かに見つかるとうるさいし。でも無理しちゃだめよ。こうやって肩を回して、首を回して、リラックス、リラックス」

菅生さんは大げさなくらい、自分の両肩をぐるぐると回した。菅生さんは美容師ではないが、この明るさと雰囲気に惹かれて、お客さんが来るというのもうなずける。

「あの……小松原《こまつばら》は？」

入り口からは彼女の姿は見えなかった。

「今、ちょうど乾燥機が終わったから、あっちでタオルをたたんでいるわ。呼んでくるわね」

「いえ、私が行きます。備品のチェックもしたいですし」

店内に入ると青い壁が私を迎えてくれる。雨が続く最近は、ここへ来ると私の心まで晴れる。

　戸棚にタオルをしまっていたお団子頭を見つけて、後ろから声をかけた。

「タオルの数は足りてる？」

　振り向いた彼女は、小さくうなずいてから答えた。

「今のところは。でも傷んできているものもあるので、もう少ししたら、入れ替えたほうがよさそうなものが何枚かあります」

　小松原葉留《はる》。あおぞら美容室に立つ、唯一の美容師。もちろん受刑者だ。

　一般客を相手にするとあって、店内では白いシャツと黒いズボンを着用している。表情の変化は少ないが、反抗するような態度はない。だからこうして話していると、たまに彼女が罪を犯して、ここにいることを忘れそうになる。

「私に聞きたいことがあるって？」

「はい。お客様に言われて、すぐに対応できなかったので……。助言もあったおかげで何とか話がまとまりましたけど」

「助言？」

　小松原葉留の視線が、菅生さんの方を向く。自分のことを言われていると気づいた菅生さんは「あら、私？」と、近づいてきた。

菅生さんの説明によると、小松原葉留を悩ませたのは常連客で、週に一度は通ってくれる高齢の女性らしい。昨日も来てくれたのよ、と菅生さんはニコニコしていた。

「ちょっと賑やかなお客さんだけど、困るようなことはしないし、楽しい方よ」

「そうですか……」

「何か問題でも？」

「いえ、別に」

店を訪れる客に問題があれば、菅生さんが対応してくれる。だから問題は客ではなく、美容師の方だ。

美容師は国家試験に合格しても、即一人前というわけではない。資格の取得はあくまでもスタートラインに立ったにすぎない。

普通の店なら、身近に先輩美容師というお手本がいるが、この店は美容師不在で一年くらい閉めていたこともあり、小松原葉留には相談する相手がいない。しかも、ついこの間まで私の立場である、美容専門の技官も不在。もちろん受刑者である彼女は、インターネットで情報を得たり、他店の美容師と交流なんてこともできるわけがない。

「試験に合格してから、一年くらいは中で切っていたって聞いたけど？」

中、というのは刑務所の中のことだ。受刑者の髪を切っていたという。

店に立つ前に、数をこなせるのは良いが、受刑者に複雑な髪型が許されているわけもなく、カットのバリエーションを増やす練習にはあまりならなかっただろう。

「はい、そうです。正確には十一か月です」

「そのあと、ここの美容室で切るようになって、四か月くらいと」

小松原葉留は「そうです」と、顎を引いた。

「そのお客さんの他に、常連さんはいるの？」

「いらっしゃることには、いらっしゃいますが、そんなに人数も多くないですし、肩くらいまでのボブにしてとか、何センチ切ってなどと、オーダーが具体的だったので、特に困ることはありませんでした」

これればかりはどうにもならない。いろんなタイプの客と接していけば、いずれ自分なりのやり方が見つかる。が、この店にいろんなタイプの客が来るかはわからないし、コミュニケーションという部分では、どこまで許されているのか……。

小松原葉留がうつむいた。

「経験を積ませてもらえるだけでも感謝しています」

前向きな言葉だけれど、自分自身に言い聞かせているようにも聞こえた。

「今はできることが限られているのはわかっています。ただ、だったらなおさら、技術を磨いておきたいんです。教えていただけますか？　写真を見ても、自分では上手くできなかったヘアスタイルがあったので」

「もちろん。私の方はしばらく時間があるから、お客さんの予約が入ってなければ」

菅生さんがすかさず口を挟んだ。

「これから二時間ほどあいていますよ」

ホッとした。あと二時間はここにいられる。あの場所へ戻らなくていい。

小松原葉留は、準備します、と頭部だけのカットマネキンを台の上に取り付ける。道具が乗ったワゴンを引き寄せ、ヘアカタログを広げた。

彼女の横顔は真剣だ。練習熱心で向上心もある。考えて動こうとする行動力もある。

「先生、お願いします」

「わかった」

刑務所の中で美容学校に入るには、入学許可が得られるかを見極められるのに、ある程度の時間が必要とされている。入学時期は四月のみで、在学期間は二年間。晴れて国家試験に合格しても、こうして美容室に立つまでにはさらに経験が必要で、今ここにいる小松原葉留は、収監されてからすでに四年以上経っている。

そもそも仮出所の可能性なども含めて入学許可が下りるため、刑期が短い人は美容師免許の取得ができない。刑期が長いとなると累犯か——重犯罪だ。

もちろん彼女も例外ではない。

「先生？」

「ああ……うん。もうちょっとその写真を良く見せて」

差し出された写真の方に顔を向けながら、私はそっと彼女の横顔を見た。


作業場の方へ戻ると、刑務官の一人に呼ばれた。さっきまでいた刑務官ではなく、別の人だ。

授業はまだ続いている。だが席が一つ空いていた。

授業の様子を感じながら、私とその刑務官は、ドア一枚挟んだ別室に入った。

「佐藤が何かしたんですか？」

七名のうち、いなかった受刑者の名前を出す。刑務官は小さくうなずいた。

「拒否ったのよ。具体的には板書されたものをノートに書くようにと言われたのをしないで、鉛筆を持たなかったってことなんだけど。ただ、何度言われても頑として従わなかったから」

刑務官が両手をクロスさせてバツを作った。懲罰対象ということだ。

行われていたのは皮膚科学の授業だ。年配の先生の声は若干聞きづらいうえに、扱われる内容も普段の生活ではあまりなじみがない。

佐藤は美容科の中では一番若い。最初に来たときは、誰よりも美容師になりたいと前向きな態度で授業に取り組んでいた。ただし手先は不器用で、おまけに学力も高くない――いや、低い。教科書の読み書きでつっかえることも多々あって、学科試験は苦労しそうだな、と一年以上先のことを心配していた。

それは本人も感じていたに違いない。日に日にやる気を失っていたのは、態度を見ていれば明らかだった。

「やってみて、ダメだったから辞めまーすってわけにはいかないからね」

この刑務官も私と同じことを考えていた。美容学校といっても、ここでは刑務作業の一環だ。一度始めたら、よほどの理由がない限りは辞められない。

壁に背をつけ、腕を組んだ刑務官は、天井を見るように上を向いた。

「もったいないよね。こんなことしても、何のプラスにもならないのに」

「あの……佐藤はこれからどうなるのでしょうか?」

「一発退場ではないけど、本人がここを辞めたいと思っての行動だからね。心を入れ替えるなんてことがなければ……」

濁した言葉の先にあるものは暗黙の了解だ。

こうなると、私にできることは何もない。

でも、と思う。

そもそも私は、ここへ来てから、何かしたのかと考えると、何一つ思い浮かばなかった。


刑務所で働く人は、部署によって勤務条件が異なる。私の場合、平日に授業を行うため、基本的には週末が休みになる。

一人暮らしの気安さから、平日の家事はおろそかになる。その分まとめて土日にするが、ここ最近は休みになると雨が降る。梅雨だと知っていても、私に恨みがあるのかと思うくらいの確率だ。

布団が干せない。大物の洗濯も諦める。掃除をして、一息ついてもまだ昼前だった。

土曜日の昼間のテレビにはイマイチ心が惹かれない。友達を誘おうにも恐らく誰とも予定が合わない。

独身の仲の良い友人はサービス業のため仕事の休みは平日。小さな子どもがいる友人には、迷惑になってしまうだろう。

先週は家に引きこもって、ゲームと読書をしていたが、もともとどちらも好きというほどではない。単なる暇つぶしだ。

特にすることがないと、忘れていたいのに仕事のことを考えてしまう。

自分にできることはなかったのか、私のやり方がまずかったのか。

一般の美容学校で経験を積んでくれば良かったのではないか。

今からでも、美容室の求人を探した方が良いのではないか。そもそも、私が人に教えるというのは、向いていないのではないだろうか。

美容室に勤めていたころはネガティブな考え方をする方ではなかったけれど、最近はマイナスのことばかり考えてしまう。

「ダメだ。全然良いことが思い浮かばない」

もう一度時間を確認する。時間は五分も経っていなかった。

雨は降っているけれど、買い物ついでに外へ行くことにした。


雨で行き場がないのか、ショッピングモールは人で溢れていた。

平日の勤務が終わったあとにも来たことはあったが、もっと人は少なかった。だが今日は家族連れの姿が多く、誰も私のことなんて見向きもしないのに、場違いな気がして居づらい。

「食料品だけ買って帰ろうかな」

ついでに雑誌でも買って帰るか。などと考えながら歩いていると、後ろから肩を叩かれた。

「かーがわ、さん」

振り返ると、菅生さんがいた。

職場以外で同僚と会うと、凄く仲が良い人以外は、どんな顔をすればいいのか悩む。

悩んだ結果、いつも通りの態度をとることにした。

「お疲れ様です」

「ごめんなさいね。せっかくのお休みの日に。でも、気づいて声をかけないのも悪いかなって思って。これでも三秒悩んだのよ」

ニコっと菅生さんが笑う。

その笑顔は、あおぞら美容室で見る顔と一ミリも違いがなかった。ちょっとホッとした。

「そんなことありませんよ。えっと、菅生さんは……」

あたりを見回すが、菅生さんの近くには知り合いはいなそうだ。別行動でもしているのだろうか。

市内に自宅があるという菅生さんは、官舎に住んでいない。家族構成を詳しくは聞いていないが、結婚していることも、子どもがいることも、会話の端々からは感じていた。

「ね、お昼食べた？」

「まだです」

「一緒にどう？　新しくオープンした中華のお店に行きたいんだけど、一人じゃわびしいって思っていたのよ。奢るから」

「自分の分くらい払いますよ」

「何言ってんの。誘っているのは私なんだから遠慮しないで。オバチャンに付き合ってもらうんだから。でも予定があるなら言ってね。大丈夫、オバチャンは結構図太いから。その気になれば一人でも食べられるから」

菅生さんは、どん、と自分の胸を拳で叩いた。

「予定なんか何もありませんよ。ご一緒させてください」

休日のお昼とあって並んだが、回転のいい店だったのか、少し待つと席に案内される。昼のセットメニューは、それほど待たずに運ばれてきた。

天津丼のセットを頼んだ私は、ふわふわの卵にスプーンを入れた。

回鍋肉《ホイコーロー》のセットを頼んだ菅生さんは、口の中に肉を入れると目を細めた。

「美味しい」

「ホント、こっちも美味しいわあ。中華って久しぶり。一人暮らしで中華って、あんまり作る気にならないから」

「あれ？　菅生さんはご家族がいるんじゃ……」

「今は夫が単身赴任。もともと夫も私もここが地元だし、子育てを考えたら実家のそばの方が、何かと助けてもらえるって思って家を建てたんだけど、二人とも方々へ転勤していたから、一緒にいることは、そんなに多くなかったわね」

刑務官は全国各地にある刑務所に転勤になる。ただでさえ離職率の高い職場だが、結婚を機に辞める人は少なくない。それでも続けてきた菅生さんは、優しさだけでなく、強さも持っている人なのかもしれない。

食べると話すを、器用にこなす菅生さんのお皿の上からは、どんどん回鍋肉が減っていく。

「お子さんは？」

「もう大学生。学校が遠くて一人暮らしをしているわ。お金が足りなくなると連絡来るけど、それ以外はほとんど何も言ってこないわね。その分、夫は結構しょうもないことで、メッセージを送ってくるけど」

「しょうもないこと？」

「仕事中にパンツのゴムが切れたとか」

口に入れていた卵を、思わず吹き出しそうになる。何とか水で胃に流し込んだ。

「それは……まあ」

確かに大変かもしれないが、夫婦というのは、そういったことまで報告するものなのか、と思う。そして何よりも面白いのはそれを話している菅生さんが真顔なことだ。

「そうなのよ。でもね、私も一度経験があるけど、結構大変なのよ。パンツのゴムが切れると。加川さんはある？」

「いえ……」

「一日落ち着かないのよ。だから私は電話をしたわけ。夫に細かく説明して欲しいって」

お昼ご飯は、会ったこともない菅生さんのご主人のパンツのゴムが切れたあと、どうやって勤務していたか、という話を聞き続けた。

菅生さんは、美容室にいるときと印象が変わらない。明るくて話に嫌味がない。だからやっぱり、お客さんが来るのかな、と思う。

「菅生さん、今の場所は長いですか？」

「そうね。何度か異動していて、転勤してからは四年くらいかしら。ただ、子どもが小さいころもこっちにいたから、合計すると今の場所が一番長いわね」

「昔も今も知っているってことですね」

「そうなの。だから今の所長が来て、美容室の雰囲気を変えようって話になったとき、いろいろ聞かれたわ。客層とか、店内の雰囲気とか。雑誌なんかも、昔はヘアカタログくらいしかなくて、一般的な女性誌は置いてなかったのよ」

「置くようになったのは、所長の決断ですか？」

「そう。外の美容室と完全に同じにすることは無理でも、可能な限り近づけたほうがお客さんも来てくれるだろうし、それが美容師にとっても良いことだからって。今はあの美容室で働いている人も、いつかは別の場所で仕事をするかもしれないでしょ。だからできるだけ、実際の現場の雰囲気に近づけようって。そのときに所長が外装や内装にも手を加えることに決めて――加川さんは、美容室の壁が青い理由知ってる？」

「店名からのイメージですか？」

「きっかけはね。ただ所長が考えたのはもっと違うことよ。あそこは塀に囲まれているでしょ。だから井の中の蛙《かわず》、と思ったんですって」

「それって……井の中の蛙大海を知らず、のことですか？」

「そうそう。ことわざ？　あれ、中国のナントカだったかしら。まあ、そんなところよね」

井の中の蛙……は、知識や見聞が狭いことのたとえだ。狭い世界のことしか知らず、外のことがわからない、という意味で、決して良い使われ方ではない。

箸を置いた菅生さんは、ご馳走様と両手を合わせた。

私の方はまだ全部食べ終わっていない。慌ててデザートの杏仁豆腐を口に入れる。飲み込んでから、質問をした。

「でも、悪い意味の言葉をイメージしたわけではないですよね？」

「もちろんよ。その言葉には続きがあると言われているの。『されど空の青さを知る』って。狭いところにいるカエルは、外の世界を知らない。それ自体は良くないことだけど、狭い世界にいるからこそ、一つのことを深く知ることができるってことらしいわ。あそこにいると、自由に外へは行けないでしょ。でも空を見ることはできる。だからあの美容室も、今はこの場所でできることをきちんと見て知って欲しいっていう、所長からのメッセージみたいなものね」

所長と面と向かって話したことはほとんどない。白髪交じりの頭髪も、ロマンスグレーという言葉が似合いそうな雰囲気だ。刑務所の所長に抱くイメージからすると、かなり物腰の柔らかい印象を受ける。

「そう言えばこの前、所長が加川さんのことを気にしていたわ」

「やっぱり、至らない部分が多すぎますよね？」

「え？」

受刑者からクレームでも行っただろうか。

私がもっとしっかりしていれば、授業だってもっと進む。こんなに早い段階で、問題を起こす受刑者を出してしまったことを咎《とが》められても仕方がない。

菅生さんが不思議そうな顔をしていた。

「なんの話？ 所長は久しぶりに美容科がスタートできたから、それを喜んでいただけよ。ああいう場所でしょ。講師のなり手もなかなかいないし。続いてくれると良いなって」

「あ……そうなんですか。できていればいいんですけど……」

スタートから躓《つまず》いている。二年後、国家試験まで何名残っているのだろう。もちろん資格の取得だけが目標ではない。最終的に美容室に立って欲しいと思っている。

でもその前に、私自身が続いているのかわからない。

たった三か月ではあるが、美容師に戻った方が良いのでは、と思う日々だ。ただ気がかりなのは、美容師の勉強を始めたばかりの人たち。そしてあおぞら美容室にいる——。

「大丈夫よ。加川さんなら」

励ますように言ってくれる菅生さんは、意味を取り違えている。

私は「頑張ります」と、笑ってごまかすしかなかった。


連絡を受けて、あおぞら美容室へ行くと、店内からは若い女性の声が聞こえた。

「だから、明るくして欲しいの。自分じゃもう、どうにもならなかったから」

「できなくはないですが……お時間が必要になります」

「時間かかっても良いから、お願い」

「ですが……」

小松原葉留が店内にある時計の方を見る。

「今からだと、ちょっと難しいです」

「どうして？　わたし、遅くなっても良いからー」

小松原葉留は客に一生懸命説明をしていた。

えー、なんでー、と、人の意見など耳に入らない様子の客は、指で毛先をくるくると巻いていた。

　私はカウンターにいる菅生さんに小さな声で訊《き》いた。

「どうしたんですか？」

　菅生さんはうんざりした様子だった。

「あのお客さん。予約の時間から三十分以上遅れてきたうえに、ちょっと面倒なの。髪のことがわからない私でも、あれだけ説明を聞いていれば理解できるくらいなのに、全然納得してくれなくて」

　客は、二週間ほど前に自分で黒染めした髪を、明るい色にしたいと言っていた。

ただし、黒い髪に明るい色を入れても、思った様にはならない。一度今の色を脱色して、新たに染めなければならないが、そうするには時間がかかる。

「先生に来てもらったのは、他に方法があったら教えて欲しかったの。もし、残りの時間でできる方法があったなら教えて欲しくて」

「ないですね。しかも前回染めてから二週間だし……。仮に明るくしたとしても、かなり髪が痛むと思いますけど」

「それはもう、説明したわ。だけどどうしても明るくしたいんですって。お客さん、インターンシップへ行くのに、専門学校の先生から黒染めしないと参加させない、単位やらないって言われたらしくて……それが終わったから、すぐに元の色に戻そうって感じみたい」

「ああ……」

美容室に勤めていたときにも、そういった話はよくあった。学校の長期休みに合わせて、髪色を変化させる。夏休みの前後などは、学生の予約が多かった。

「新規のお客さんですよね？」

「そう。いつも行っているところの予約が取れなかったから、料金が安くて、近隣で今日のこの時間に空いている場所を探した結果、ここへいらしたみたい」

「ここがどんな場所か理解しているんですよね？」

「説明はしたわよ。ただ、どこまで理解してくれているのか……とにかく、髪の色を何とかしてってことが最優先なの。でも先生にもできないってことなら、今回は諦めてもらうしかないわね」

菅生さんが時計の方を見る。てっきり、客のところへ行くのかと思いきや、カウンターのところにとどまっている。

二十歳前後の若い女性は、高圧的な態度ではないが、何とかしてと、駄々をこねる子どものような感じだ。

この調子では、説得にはもう少し時間がかかりそうだ。

「私が説明してきましょうか？」

菅生さんは首を横に振る。もう一度時計を見てから言った。

「あと十分くらい経っても、状況が変わらなかったら先生にお願いするわ」

「十分後ですか？」

「もうちょっと、彼女に任せてみたいの。あのお客さん。なかなか納得してくれないけど、危険な人でもなさそうだし、結果的にカラーをしないのなら時間はあるから」

小松原葉留は、客の前に髪色の見本を持ってきて、一つずつ丁寧に説明をしている。説明の内容も言葉を少しずつ変えて、わかりやすく伝えようとしている。ゆっくりとした口調で、相手の質問にも答える。うなずいて、その都度「そうですね」と同意する。ただし、できないことはできないと、言っていた。

本当は客の要望に応えたいはずだ。「外」の店なら、受け入れられる範囲だ。でもそれはできない。ここは刑務所の中だ。

時間の制約がある。営業時間の延長はできない。

菅生さんが目を細めて、二人のやり取りを眺めていた。

「良い経験ね」

「これがですか？」

「そう。もちろん私や先生が行って、無理なものは無理って言えば、すぐに終わると思うの。制服着ていると、結構こちらの言い分を聞いてくれるから。でも、先のことを考えたら、これも良い経験よ」

「無駄になったとしても？」

「それでもやっていくしかないのよ。外へ出たあと、ここにいる人たちの未来がどうなるかなんて、私たちには想像できないんだから――あ、終わったみたい」

客がイスから立ち上がる。

ペコっと、小さく頭を下げて、カウンターの方へやって来た。

「時間があればできるの？」

若い客は、菅生さんを見て話していたが、その菅生さんは私のことを見る。

答えるしかなかった。

「できますよ。でも髪にダメージを与えてしまうので、すぐに明るくするのは、あまりお勧めしません。できたらもう少し、期間をあけた方が良いと思います」

「もうわかったってばー。前にやったお店は、パパっとしてくれたのに。ここでやるのはナシにするわー。スマホも使えないし。すぐにやってもらえるなら我慢できるかも、って思ってたけど、スマホないとマジ無理だし。明日なら別の場所でしてもらえるだろうから」

菅生さんがプッと吹き出す。うんうん、と何度もうなずいていた。

「でさ、お金返して欲しいんだけど」

「ああ、そうね。そうだったわね。じゃあ、受付で説明して返金してもらわないとよね。ええっと……先生、まだお時間ある？」

「少しくらいなら」

「じゃあ、この方を受付へお連れするから、ちょっとここをお願いします」

菅生さんが客と店を出て行く。

美容室は私と小松原葉留の二人きりになった。

「お客さんが、時間通りに来てくれていれば……」

「やりたかったの？　ああいうお客さんは、仕上がり具合によっては、また面倒なことになるかもしれないよ？」

「わかっています。でもここは、白髪染めのお客さんは多いけど、こんな機会はめったにないので」

前向きな言葉に私は驚いた。彼女は菅生さんと同じように、未来を見ている。

小松原葉留がマスクを外す。客がいないときは、こうやって素顔を見せることがあった。

「失敗したらって考えたりしないの？」

「もちろんします。失敗したらどうしようって思いますし、さっきもどうやって説明すればいいのか必死でした。でも、いつまでもここにいるわけではありません。だから……怖くても向き合わないと」

珍しく、彼女が白い歯を見せて笑っている。だけど、少し不安そうに唇の端が震えていた。

「外の美容室は、もっと理不尽なお客さんが来るよ?」

「それも、わかっています」

「……そうだよね」

あなたはわかっているよね、と心の中で付け加える。

小松原葉留は私が語らなくても、美容師の仕事というものを知っている。知っていて、それでも先に進もうとしている。

そんな姿を見ていると、いつまでも同じことを悩んでいる自分が、情けなく思えた。

月曜日も雨が降り続いていた。

今年はいつもより梅雨が長いと、テレビで気象予報士が言っている。

その理由を天気図とともに説明されても、ほとんど耳に入ってこない。私にできることは傘をさすことだけだし、長雨の影響で野菜が高くなることの方が気になる。

シーツは洗っているけれど、布団を干すのは晴れるまで持ち越しだ。

そろそろ雨が上がってくれないかな、と空を見上げるけれど、青空どころかグレーが続く。

午前の仕事が終わり、昼食を食べながら、まだ降り続く雨を窓から見ていると、隣でいつも一緒に仕事をしている刑務官が近づいてきた。

「佐藤の件、聞いた？」

「いえ……どうなりました？」

「まだ審査会が終わらないって。普通ならそろそろ処分が出ていても不思議じゃないんだけど、今日は長引いているみたいね」

「そうですか」

問題行為をすると、懲罰審査会が開かれる。刑務官の前で、自分の意見を言える場所だ。ただし懲罰審査会は裁判所ではない。弁護士が付き添ってくれるわけでもなく、一人で刑務官数名を相手にしなければならない。

「どうなると思いますか？」

「本人が続けたいという意思を見せて、素直に答えれば挽回の余地があるかもしれないけど、審査会の場でも逆毛を立てた猫のごとく、噛みつかんばかりの勢いだったら無理でしょ」

「それで……美容師になるのを諦めるんですか？　まだスタートしたばかりなのに。三か月で自分の適性を決めてしまうんですか？」

「そうは言うけど、この先の方が長いんだから、辞めるなら早い方が良いんじゃない？　それに佐藤は、これまであんまり勉強らしい勉強をしてこなかったって話だよ。小学校の高学年から、ほとんど学校へ行かなかったみたいだから、試験勉強になったら、今以上に厳しかったんじゃないかな」

「でも美容師の国家試験の難易度は、そこまで高くないですよ？　誰かがフォローすれば」

若い刑務官は、私を見て苦笑いした。

「フォローって誰がするの？　一緒に勉強している人たちだって、そんなに余裕がある人はいないよ。外の学校のように、放課後に先生の補習を入れられるわけでもないし。加川さん、ここへ来てまだ日が浅いものね。続けていけば、そのうちこんなもんだと思うようになるよ」

「でも……」

私だって、努力したらなんにでもなれるなんて思っていない。

ただ佐藤が無理かと言われたら、諦めるには早すぎる気がする。

「すみません、ちょっと行ってきます！」

「どこに？」

その問いには答えず、懲罰審査会が行われている部屋へと向かう。

部屋の前へ着くと、ちょうどドアが開かれ、中から人が出てきた。

処遇部長の姿を見つけた私が駆け寄ると、目を細めて一瞥《いちべつ》される。勢いで来てしまったが、部長に何を言うかなんて決めていない。それでも、どうにか口を開いた。

「あの……佐藤の処分は」

部長は一拍の間をおいて、小さく首を横に振る。その行動だけで何を意味するのかわかった私は、それ以上の質問はできなかった。

「そうですか……」

よほど私が落ち込んでいるように見えたのか、部長が独り言のようにつぶやく。

「最終的に判断するのは所長だ」

それだけ言うと、部長は私のそばから離れて行った。

部長の言葉だけ聞くと、まだ可能性があるように思える。だがその可能性はほとんどない。あったとしても私に覆す力はない。

だから出しっぱなしの昼食を片づけ、残りの昼休みをいつものように過ごす。

休憩時間があと五分となり、トイレから出たところで、偶然所長と会った。

一瞬、視線が絡んだように思えた。だが所長はすぐに歩き出す。

離れて行く所長の背中をつかむように、私は呼びかけた。

「あの……！」

足を止めた所長は、振り返って「やっぱり」と、少し笑った。

「え？」

「もしかしたら、僕のところにも来るかもしれないと言われていたから」

部長と話したらしい。二人の間でどんな会話が取り交わされていたのか私にはわからないが、佐藤の処分に対して、私が言いたいことがあるのは知っていたようだ。

「彼女、どうにかなりませんか？」

「最終決定はこれからだよ」

「それはわかっています。ただ……」

私自身が納得できていない。なぜ、とずっと思っている。それは恐らく、佐藤の件だけでなく、ここへ来てからずっと抱えていた疑問だ。

廊下の端に寄った所長は、壁に背中を預けて少し上を向いた。

「彼女に限ったことじゃないが、本人にやろうと思う意思がないと、何ごとも難しい」

恐らく佐藤は、審査会でも態度を改めることはなかったのだろう。もとより、辞めるための行動だった。

「始めたばかりなのに……辞めてしまうんですね」

「美容学校ではあるが、刑務作業の一環だ。外の学校とは意味が違う。周りが励まして、手をかけて、育ててあげる場所ではない。本人に意欲がなければ、こちらではできることはない」

「そうかもしれませんけど」

ここが刑務所ということくらい、わかっている。美容師免許が取れたところで、前科があると知られたら、嫌がられることも想像できる。

だけど、せっかくつかんだチャンスだ。なぜ簡単に手放そうとするのか。

もどかしい。歯がゆい。

そう思う一方で、私は佐藤に対して、何ができたのだろうかと考える。

ここで仕事をすることが決まったとき、持っている知識や技術を生かして、誰かの役に立ちたいと思ったはずなのに、私自身が毎日悩んでいる。

所長が私の考えを読んだように言った。

「ここにいると、なぜ？　と思うことはたくさんある。まとめてしまえば、なぜ罰則を受けるとわかっていて違反をするのか、だ。ただ彼らは……彼女らは、そもそも罰則を受けると知っていて、罪を犯した。多くの人は、どんなに腹が立つことがあっても、行動には移さないのに」

「そうであれば、彼女らは一生、このままだということですか？」

わからない、と所長は短く言い切る。その声が廊下に反響した。

「悲しいかな、ここを出て行っても、また戻ってくる人がいるのも事実だ。一度罪を犯すと、世間は今まで以上に厳しいからね」

「そう、ですね……」

所長が私の肩に手を置いた。

「すべての受刑者が戻ってくるわけではないよ。ちゃんと罪と向き合って、自分で歩いていく場所を見つける人もいるから」

所長は誰か具体的な人を指しているわけではないだろう。

だけど私の頭の中には、一人の顔が思い浮んだ。

午後から外部講師が来るということで、私はまた、あおぞら美容室へ行った。

今日は呼ばれているわけではない。行ったら迷惑だろうか、そんな考えがよぎる。ただ小松原葉留のことが気になる。

私がドアを開けて入ると、いつもなら入り口にいるはずの菅生さんの姿がない。衝立の奥から話し声が聞こえてきた。

「だからね、あんまり息子がうるさいから、しばらくメッセージを読まずにいたのよ。そうしたら、アタシが家の中でひっくり返っているんじゃないかって思ったらしくて、今度はご近所さんに連絡するわけ」

「心配しているんですよ」

「アタシだってそのくらいわかってるわよ。ありがたいとも思うんだけど、あんまり大騒ぎされてもねえ」

「確かに、気まずいですよね。ご近所さんとは、なんやかんやで顔を合わせるわけですし。でも離れていると、心配なんですよ。相手がうるさがっているとわかっていても、連絡しちゃうんです」

「それ、息子に言われたわ」

「あ、やっぱり？」

常連さんと菅生さんの会話は、笑い声が絶えない。

私は衝立から顔を覗かせた。鏡越しに小松原葉留と視線が合う。彼女は私の姿を見て軽く頭を下げた。

「お邪魔してごめんなさい。お客さん優先で良いから」

私が声をかけると、座っていたお客さんが立ち上がった。

「いえいえ、邪魔なのはアタシの方。もう終わったのに、おしゃべりに付き合ってもらっていたの」

菅生さんがすかさず口を挟む。

「お茶もお出しできずにすみません」

「お茶なんて家に帰って飲めばいいだけだもの。そんなこと望んでないわよ。さてタイムセールがあるから、そろそろ出ようかしらね」

「今、カバンお渡ししますね」

菅生さんと客が一緒に出口の方へ向かう。

ありがとうございました、と客に頭を下げてから、私は小松原葉留に話しかけた。

「このあとの予約は？」

「ありません。先生は時間ありますか？」

「一時間くらいなら。ずっとは付き合ってあげられないけど」

「これまでのことを考えたら、贅沢なくらいです。先生が来てくれるまで、独学でしたから」

はしゃぐわけでもないし、大きな声を出すわけでもない。でも、そう言って準備を始める姿は喜んでいるように見える。

準備が済むと小松原葉留は、アラサー向けの女性誌を持ってきた。

「この人の髪型を練習してみたいんです」

本庄ユキ。今、ドラマで人気の女優だ。パーマはかかっていないからカットとカラー、セットでできる髪型だ。

「するのは良いけど、あまりこの年代のお客さんは来ないでしょ？　この前の人は、きっともう来ないだろうし」

本庄ユキは二十代後半。だけど、この店の客のほとんどは六十歳以降だ。

「わかっています。だから、練習するだけになってしまうかもしれませんけど……ダメですか？」

「ううん、練習はいろいろしておいた方が良い。また若いお客さんが来ないとは限らないし。だから練習は構わないけど……。私がモデルになろうか？」

「え？　本気ですか？」

「うん。ちょうど切ろうと思っていたところだし。時間がないから、カラーなしのカットだけね。最初にカットウィッグでササっと説明するから、そのあと私の髪を切ってみて」

小松原葉留が少しひるんだように後ずさりする。

初めて挑戦する髪型で、いきなり指導教官の髪を切るのは怖いかもしれない。

でも、外の美容室へ行ったら、それこそ初めて挑戦するのが客の髪、ということは当たり前にある。しかも辛辣《しんらつ》で、厳しい意見を言う人もいる。中には横暴としか思えない人だって来る。それでもお客さんだから、よほどのことがない限りは受け入れる。

「実習だよ？」

彼女がスゥっと息を吸って、吐き出す。迷いは一瞬。

「わかりました。お願いします」

決心したあとの彼女は一歩も引かなかった。くらいついていこうという覚悟が見えた。

――ちゃんと罪と向き合って、自分で歩いていく場所を見つける人もいる――

多くの受刑者を見てきた所長がそう言っていた。小松原葉留はそれにあてはまるのだろうか。そうであって欲しいと願う。

ジャキジャキと、ハサミの音を聞きながら、私は訊ねた。

「なぜ、美容師になろうと思ったの？」

ハサミが止まる。「そうですね」と、言ったきり、しばらく言葉がなかった。

「無理には聞かないけど」

「いえ……別に隠すことではないんです。ただ、漠然としているので説明しにくくて」

「漠然？」

「ええ。一言でいえば、憧れです。美容師になることが小さいころからの。こうなりたい、ああなりたいっていう、憧れです。漠然としていますよね？」

なるほどなあ、と思う。確かに漠然としているけれど、彼女ならそれが納得できた。

「きっかけなんて、そんなものじゃない？　私もそう。ピアノの発表会で、髪の毛をクルクルにしてもらうのが嬉しくて。ピアノなんて全然練習していないのに、当日の洋服とか髪型とか、そんなことばかり気にする子どもだったから」

「それもわかります。お姫様の気持ちになるんですよね。髪を巻いてもらっているとき、結ってもらっているとき。だんだんと自分の姿が変わっていく様子を見るのが、とても好きでした。ただ、自分には無理だと思って一度は諦めたんですけど、ここで美容師になれることを知ったら、どうしても挑戦したくなって……。もちろん、出所後も美容師でいられるかは、わかりません。今の環境が特殊だということは理解していますし、前科持ちを雇うのは、どこでも嫌がるでしょうから」

そんなことないよ、とは言えなかった。

現実には、犯罪歴がある人を受け入れてくれる場所は少ないかもしれない。ましてや小松原葉留の事件は、小さいながらも記事になった。

隠すことは難しいかもしれないし、隠して就労したとしても、バレれば首になるだろう。

それでも彼女なら……。

「確かにここは特殊だと思う。お客さんは最初から、受刑者ということを理解してくれているから。それに、本当にお客さんが言うことを聞いてくれなかったら、私や刑務官が間に入ってくれる。でも外の美容室は違う」

「はい。でも、諦めたくはありません」

「そうだよね」

私は美容室内の壁を見る。ここはいつでも晴れている。そして外の雨も降り続くことはない。

「されど空の青さを知る、か」

「え？」

「ううん、何でもない。時間ないから、カット続けて」

「あ、はい」

雑誌を見ながら、小松原葉留はまたハサミを動かし始めた。

勤務を始めて三か月。私はまだ、刑務所のことも受刑者のことも深くは知らない。知った先には、所長のように思えるようになるのだろうか。

まだ私にはわからない。わからないから、わかるまで頑張ってみるしかない。これ以上誰一人欠けることなく、卒業まで導いていけるように。

その先に何があるのかはきっと、続けた先に見えるはずだ。

ジャキジャキとハサミの音を聞きながら、私はそう、思った。

四章　一井《いちい》　彩《あや》

お小遣いが貯まったら買おうと思っていたポーチ。

仲良しのよっちゃんに、先に好きだと言われた、同じクラスの木谷《きたに》くん。

あと一勝が届かなくて、たどり着けなかった県大会。

告白したけど玉砕した恋。

最終選考まで行けたのに、最後に参加できなくなったオーディション。

どれもこれも、そのときは涙を流したけれど、今回が一番辛いかもしれない。

「神尾田《かみおだ》さんは、人生最悪って思ったのはいつですか？」

カバンからヘアセットの道具を出していた神尾田さんは、手を止めて顔を上げる。鏡を通して、目が合った。

「どうしたの突然？」

「ちょっと……昨日テレビを見ていたら、そんなことを言っていた人がいたので」

嘘っぽいかな？　実際嘘だ。

でも神尾田さんはそれ以上詮索せず「ああ、そういうこと」と言いながら、またカバンに手を入れた。

「人生最悪ねえ。やっぱり、旦那……元旦那が浮気していたことがわかったときかな？　結婚二年目だったし、新婚ではないにしろ、飽きられるほど長く一緒にいたわけではなかったから。だって相手の女が……ってこの話、全部話すと四時間くらいかかるけど、聞く？」

「あ、遠慮します」

だよねえ、と笑う神尾田さんが離婚したのは、もう二十年も前の話だと聞いている。今となっては笑いながら話せても、今でもそれが、人生最悪のときと言う。

ただ結婚が難しいことは、未婚の私でも知っている。両親は私が八歳のころに離婚した。

腰に届きそうな私の長い髪に、神尾田さんがゆっくりとブラシを入れてくれる。この時間が心地良い。ブラシの動きと連動するように、気持ちが仕事へと進む。

「彩ちゃん、もったいないよ」

「何がですか？」

「髪よ、彩ちゃんの髪。すっごく綺麗なのに、辞めちゃうなんて、やっぱりもったいない。この手触り、この艶、この色。一本一本の太さに、量。最高に私好みの髪なんだよね。なんかもう、すりすりしたいくらい」

「いつも思いますけど、その言い方、ちょっとヘンタイっぽいですよ」

「えー、ヘンタイじゃなくて、髪フェチって言ってくれない？」

「それを言うなら、髪オタじゃないですか？　カミオダさん」

鉄板ネタのやり取りは、もう、二年くらい続いている。

アハハ、と笑いあったあと、神尾田さんはスッと表情を硬くした。

「でも本当に、辞めちゃうの？」

「はい。事務所にもそう、伝えました。今日が最後です」

「これからどうするの？　あ、もしかして結婚するとか？　そっかそっか。彩ちゃん綺麗だし、男性がほっとかないよね。で、旦那さんになる人の仕事が遠方で、それについて行くために辞める、と。それは寂しいけど、おめでとうって言わないとだねー。私が言っても効果が薄いかもだけど」

神尾田さんの話は加速じゃなくて暴走する。東京を飛び出して、一人で富士山のてっぺんまでたどり着くんじゃないかってくらい駆けていた。

「恋人もいないのに、いきなり結婚する人がいたらビックリですよ」

「そう？　でも彩ちゃんなら、突然ガラスの靴を持った王子様が現れても不思議じゃないと思ったんだけど。性格も良いし、優しいし」

「シンデレラですか。でも、グリム童話だと、シンデレラって結構怖い書かれ方していて、優しくはないんですよね」

「彩ちゃんそういうの読むの？」

「一時期、その手の本が流行ったときがあったじゃないですか。流行りに乗ったって感じです」

「そういえば、そういうブームもあったね。でも私が言っているのは、グリム童話じゃなくて、子どものころに読んだシンデレラ。王子様とカボチャの馬車の」

「カボチャなら我が家の冷蔵庫にありますけど、木造アパートに王子様はいないですね」

「じゃあ、出産するとか？」

富士山超えて、宇宙まで行っている。神尾田さんはいったい、どこまで飛んでいくつもりだろうか。

「恋人いなくて、妊娠もしていなくて、出産するのは無理ですよ。私、細胞分裂でもするんですか？」

「科学の進化は学者に任せるとして、それよりもっと簡単な方法があるじゃない。結婚と出産はイコールじゃないから」

「いや、そういう冒険心はないです」

「じゃあ就職するとか？　まあ、この仕事だけだと、生活するのは厳しいものね」

「あー……そうですね」

ようやく現実的な話になった。

モデルの仕事はしているが、今もファーストフード店でバイトをしている。一週間ごとに働ける日の希望を出せばいいから、というだけで選んだ。油のにおいと、甘ったるい香りには、いつまでたっても慣れない。

「モデルは一生続けられませんからね。知っています？　昔は二十五歳を過ぎると、売れ残りのクリスマスケーキに譬《たと》えられたらしいですよ。私はもう、二十六ですから、誰も買ってくれそうにないです」

「もちろん、知ってるよ。私のこといくつだと思ってるの？　ケーキに譬えたら、売れ残りを通り越して、腐って廃棄処分なんだから。んー……まあね。顔出ししないからっていっても、パーツモデルも見る人が見れば、年齢がバレるものね。でも、彩ちゃんならまだ数年はできそうだけど、良いお仕事があるなら、そういう未来もアリだよねえ」

名残惜しんでくれることは嫌じゃない。というか嬉しい。

神尾田さんが、私の髪にトリートメント剤をつける。強いライトの明るさをうけて、さらに輝くように。画像として出力されたときに一本一本が意志をもって流れるように、私の髪を整えてくれる。

今はどの写真でもデジタル処理をすれば、たいていの髪は綺麗に見せられる。けど神尾田さんは「元が良ければ、もっと良く写るのよ！」と言って、絶対に仕事には手を抜かない。

「来月から彩ちゃんの代わりに、新しい人が来るんだよね。ちょっと不安」

「神尾田さんでも、そう思うんですか？」

「そりゃそうよ。こんなこと、彩ちゃんに言うことじゃないけどさ……」

「最後だからどうぞ。私は去る人間ですから、好きなだけ言ってください」

業界内の話は、一歩間違えれば危うい橋を渡ることになる。誰かがどこかで、自分の悪口を言っていた、なんてことが耳に入れば、仕事に影響しないとは限らない。

神尾田さんくらいキャリアがあっても、フリーで活動する人はいつも不安らしい。

「別の雑誌で、一度一緒に仕事しただけだから、まだこれからなんだけど。ただ、同業者の評判がイマイチでね」

「具体的には？」

「どう言えばいいのか難しいんだけど……パーツモデルをちょっと、その……」

口ごもった神尾田さんの様子からピンときた。

「見下している感じ、ですか？」

「まあ……それもあるかな」

含みのある言い方からすると、仕事に対する姿勢も、問題アリなのかもしれない。

一口にモデルと言っても、ショーなどをこなすステージモデルもいれば、雑誌などをメインとするスチールモデルもいる。今はバラエティタレントとしてテレビに出る人も少なくないし、雑誌のモデルの中には、読者モデルもいて、中には売れないモデルよりもずっと仕事を得ている人もいる。基本はどれも、自分の顔を人前に出す仕事だ。

パーツモデルというのは特殊で、雑誌やＣＭで商品を売るために「手」や「足」、そして「髪」といった、部位だけを見せる。顔を出すモデルの中には、パーツモデルも兼業している人もいて、その中にはこの仕事を一段低く見ている人もいる。ギャラに関しては、パーツモデルの方が安いことが多い。

「それは仕方がないですよ」

「彩ちゃん、優しすぎるよ。自分が頑張ってきた場所でそんな態度をとられても許せちゃうわけ？」

許す……も許さないも、私にそんな権利はない。

ただ、どちらの仕事も経験した私は、そう思う人がいることも知っていた。

「この仕事を続けていて思うのは、どちらもプロとしての意識が高い人たちは、良い仕事をするってことなんだよね。いつでも最高のコンディションだから。もちろん彩ちゃんも」

「そんなに褒めても、何もないですよ」

「本当だってば。だから今日で辞めるのは、もったいないって言ってんの」

喉の奥がツンとした。でも撮影はこれからだ。たとえ顔が写らなくても、目を赤くして撮影にのぞみたくない。

断ち切れない未練を少しでも増やさないために、最後の仕事は完ぺきにこなしたかった。

神尾田さんが、私の頭にゆっくりと手を置く。すぅーっと、下まで一気になでつけるように下ろす。撮影がうまくいきますように。そんなおまじないらしい。

「ヨシ、一つ目は終了。次の髪型の準備しておくからね」

「お願いします」

時間を確認すると、予定より五分早く終わっている。私はスタンバイしようと、スタジオの方へ歩き出した。

「あ、彩ちゃん」

足を止めて振り返ると、神尾田さんが私の頭の中まで見透かすように、じっとこっちを見ていた。

「私さ、離婚したときはこの世の終わりかと思ったけど、それから良いこともたくさんあったから」

「え？」

「それだけは忘れないで」


アパートの前に立つと、二階にある私の部屋の灯りが目に入った。以前付き合っていた恋人に、合鍵を渡したこともあったけれど、その彼とも別れてしばらく経つ。帰ってきたときに部屋が明るいのは、久しぶりのことだ。ああ、来ているんだな、と思う。部屋で私を待つ人は、四年ぶりに会う人だ。階段を上がりドアを開ける。ここは私の部屋だからチャイムは鳴らさない。意味のない意地なのは知っている。

「お帰りなさい」

エプロン姿の女性が、慌てた様子で玄関へ出てきた。しばらく会わなかったその人——母は、私の記憶にある姿とは違っていた。

「ただいま」

「ご飯は食べた？　一応、作っておいたけど」

「仕事の人と食べてきました」

最後だからと、神尾田さんが食事に誘ってくれた。

四年ぶりに会うとわかっていながら、わざと遅く帰ってくる。でも母は何も言わなかった。言えないことを知っているがゆえの行動だ。

五十代の母は、以前は身ぎれいにしていて、年齢よりもずいぶんと若く見られていた。でも四年ぶりに会う母は老けた。

「彩が食べたのなら、私もちゃちゃっと食べちゃうわね」

「待っていたの？」

「荷物を片づけたりしていたら、遅くなっただけよ」

「……ゆっくり食べてください。シャワーを浴びてきます」

後ろで、母が何かを言っているような気がした。たぶん、しっかり温まるのよ、とか。

子どものころからそうだった。夏でもお風呂に入る前になると、温まるのよ、と言われた。そのころはそんなことをしたら、茹であがっちゃうよ、なんて言い返していた。

浴室のドアを閉めて、シャワーのハンドルを上げる。勢いよくお湯が出てくる。モクモクと上がる湯気に、頭から突っ込んだ。

長い髪が揺れる。水分を含んで重くなる。ずっと、この長い髪を洗うのが面倒だと思っていた。乾かすには手間がかかるし、切れ毛や傷みなども気にしなければならないからケアも楽ではない。

でもその苦労は、たいしたことではなかったのだと、思う。

母は今、夕飯を食べているのだろうか。食卓代わりのローテーブルには、ロールキャベツと豚汁、筑前煮とパンプキンサラダが乗っていた。

取り合わせはめちゃくちゃだ。でも、全部私の好物ばかりだった。

覚えていてくれたことが嬉しい反面、そんな優しさを見せられると困る。

「自分から呼んだのにね……」

ひどい娘だと思う。母に支えが必要なときは手を振り払ったのに、自分が助けて欲しいときは頼ってしまった。誰かいて。誰かそばで私を支えて。

そう思ったときに、真っ先に浮かんだのは、母の顔だった。


お風呂から上がると、食器は片づけられていた。母はソファには座らず、ローテーブルを前に正座して、お茶を飲んでいた。

「お風呂、どうぞ」

「ありがとう。もう少ししたら、使わせてもらうわ」

「そう……」

会話が続かない。

話さなければならないことは山のようにあるのに、お互い牽制するような空気しか出せない。夕飯に石なんか飲み込んでいないのに、喉の奥で硬い何かがつっかえていて、言葉が出てこなかった。

母が腰を浮かせた。

「そうそう。パイナップル買ってあるの。食べる？」

「もう遅いから」

「あ、じゃあ、テレビでも見る？」

「私はいい……好きにして」

「彩が見ないのならいいわ。私も特別見たいものはないから」

会話より沈黙の方が長い。

沈黙が続いても気にならない人もいる。でも私も母も、話さなくてはと思っているから、沈黙は居心地が悪い。

「お父さんと連絡はとっているの？」

「たまに」

一年に二回くらいの連絡を、たまにというのかはわからない。少なくとも頻繁ではない。

「お父さんには、家庭があるから」

「彩が気にすることじゃないわよ」

「うん。でも特に、用もないし」

離婚したとはいえ、父は私には優しい。離れて暮らす期間が長すぎて、父親というには距離があるけど、会えば会話は弾む。

仕事をしていれば、当たり障りのない言葉などいくらでも出てくる。今日はいい天気ですねー、とか、今日の仕事、頑張りましょうねーとか、お元気ですかー、とか。でもそれは、うわべで付き合う人との潤滑油であって、親しい人と話す場合は、ぎこちなさが際立ってしまう。

無言の空気に耐えられないように、母がずずっと、お茶をすする。湯気に隠れるように、上目遣いで私の方を見ていた。

「何?」

「綺麗ね」

突然何を言い出すのだろう。返事に困っていると「相変わらず、綺麗な髪」と言って、一人で納得していた。

「髪質に恵まれたみたい」

「ケアもしているんでしょ？　でも、そうね。子どものころから、彩の髪は綺麗だったわ」

穴が開きそうなほど、私の髪を見ていた。

会話を放棄した私は、スマホをいじることにした。

「彩、元気なの？」

スマホから顔を上げずに答えた。

「大丈夫。別にこれといって」

「ならいいけど……」

結局、ぎこちなさに耐えきれなくなったのか、母はお風呂へ行った。

シャワーの流れる音にホッとする。

これからこんな日々が続くのだろうか。不安だ。

二部屋しかないから、寝室は一緒だ。私はベッドを使い、母には客用の布団を敷いた。

花柄の布団一式は、一昨日届いたものだ。

お風呂から上がった母は、布団に足を入れ、上半身を起こした状態で話しかけてきた。

「彩は寝ないの？」

「もうちょっと起きてる。まだ眠くないし」

「夜更かしは身体に悪いと思うけど……」

「大丈夫。明日から予定もないし、朝はゆっくりするから」

「そう……。ほどほどにね」

「お休みなさい」

オヤスミと返した母の声が、半分眠っていた。移動が長かったから疲れているのだろう。昔は夜更かし型の母だったと思うが、最近はわからない。高校を卒業してから八年。あまり顔を合せなかったから、親子とはいえ、お互い知らないことばかりになっている。

寝室との間の襖《ふすま》を閉め、ヘッドフォンをさしてから、テレビのスイッチを入れた。見たい番組があったわけじゃなかった。ただ、眠くないと言ったのは本当だし、眠れそうにもなかった。

最初に映ったのは通販番組だ。タレントの大袈裟なリアクションと、過剰なくらい付けられるオマケがうさん臭くて、誰がこれを買うのかと思っていたけど、『七点セットで一万円。今なら収納袋付き』の布団で、母が今寝ている。

リモコンのボタンを押すと、今度は賑やかなバラエティ番組になった。お笑い芸人が数グループ出て、映像を見ながらトークをしている。

こういうのが一番良いのかもしれない。脳は稼働せず、ただぼんやり見ていられる。男性芸人が笑う。お笑いのコンテストで準優勝して、一時期毎日のようにテレビに出ていたが、最近は目にしなくなっていた。

テレビの世界は、次々に新しい人が出てきて、そのたびに誰かが消えていく。決められたイスの取り合いに、勝ち続ける人はほとんどいない。多くの人は忘れられる。いずれ、そんな人がいたということすら、思い出してもらえないくらいに。

またチャンネルを変えると、ドラマを放送していた。番組表を確認すると、単発ドラマらしい。始まって、もう三十分は過ぎている。一時間半のドラマで最初の三十分の内容を知らずに見ても面白くはないだろう。

主演は……顔は見たことがあるけど、名前がすぐに出てこない女優だ。これといって惹かれない。さらにチャンネルを変えようとボタンに触れる指に力を込めたとき、

『塀の中で、毎日自分が犯した罪と向き合っています。反省も後悔もたくさんしていますけど、なぜ、という気持ちにたどり着いて終わります』

出所後の生活を描いたドラマだろうか？　ただ雑居房ではなく、美容室のような場所で、警察官に似た制服姿の女性と話している。

『出所まであと一年。それまでここで美容師をして、外へ出たあとも、美容師でいたいん

です』

「え？」

私は手で口を覆った。ヘッドフォンで耳を塞いでいると、声が大きくなる。

ヘッドフォンを外して、耳を澄ます。襖の向こうで母が起きた音はしない。もう一度ヘッドフォンをつけた。

見ていくうちに何となくストーリーは理解できた。覚せい剤で三度目の逮捕を受け服役中の主人公が、刑務所の中で美容師の資格を取得し、そこにある美容室で働いているという内容だった。

たぶん普段なら見ないだろう。だいたいは周囲に乗り遅れないように、話題のドラマか、惹かれる俳優の出演作くらいしか見ない。

でも今日は違った。私の目は、テレビにくぎ付けになった。

女性は、幼い子どもを自分の母親に預けている。面会に来る母親に会うと、話は子どものことばかりだ。

『もう、大きくなったよね？　たくさん話すよね。ここへ来たときはまだハイハイだったけど、もうあれから三年だものね。保育園にも行っているんでしょ？』

主人公の母親にすれば、塀の中にいるのは自分の娘。世話をしているのは孫。どちらも可愛い存在だろう。だけど、アクリル板を挟んで向かい合う娘に対し、母親は笑顔を見せるどころか、厳しい表情をしていた。

『可愛い子どもの成長を見られないなんて、お前は本当にバカだよ。出所しても、しばらくは様子を見るからね。またクスリに手を出すなんてことをしたら、子どもの立場がないから』

『わかってる』

『わかってない！』

『わかってるってば！』

『本当にわかってるの？　今、子どもが、近所の人たちにどんな目で見られているか。どんな風に言われているのか、本当に理解してるの？』

ハッとしたように、主人公が息を飲む。

辛そうに目を硬くつむったまま口を開いた。

『私の子どもだから、いじめられてるの？』

『それが、アンタのしたことの罰よ』

言葉を詰まらせて、受刑者がうつむく。か細い声で『わかってる、つもり』と言った。

それを見た母親は、声を殺して泣き始める。

やがて、激しく車が行きかう道に面した、一軒の美容室が映し出される。笑顔で客を迎え入れる主人公。と同時に、ランドセルを背負った子どもが『ただいまー』と店の中へ入ってくる。

そこでドラマは終わった。ちょっと物足りなさを感じた。出所後の様子が気になった。ただこの結末に、視聴者はホッとするだろう。親子が再会した。仕事にちゃんと就いた。立ち直ることができた。そんな風に思える終わり方だ。

もっともこれはドラマだ。現実はこう上手くいかないかもしれない。

本当に就職できるのか。親のせいでいじめられた子どもは、母親のことを許せるのか。この先もクスリに手を出さずにいられるのか。

私はテレビを消して、襖を数センチ開ける。寝ている母の姿を見た。深い眠りに入っているのか、静かな寝息を立てている。穏やかなこの時間を大切にしたいと思いながら、消化しきれない苦い記憶が今の私をしばっていた。

ドラマの子どもはどう思っているのだろう。刑務所に何度も入る母親。本当に許せていたのだろうか。

私はそこが気になる。

もう、子どもと呼ぶ年齢ではなかったけど、犯罪者の親を持つ子どもの気持ちは、知っていたからだ。

四年前から、私は刑務所の中に、一般の人も利用できる美容室があることを知っていた。でもそのときは、行こうとは思わなかった。

今さら行ったところで、何の意味もない。それでも、こうして向かっているのは、ずっと気になっていたことを、自分の目で確かめておきたかったからだ。

母には、友人のところへ一泊すると言って出てきた。

行先を言わない私に、心配だからと食い下がったが、私ももう、二十六歳だ。これまで一人で海外へ行ったこともあるし、出かけるたびに親に報告していたわけではない。

別にいいじゃないと私が言えば、教えてくれてもいいじゃないと母が言い、玄関で靴を履いているときもまだ、どこへ行くのかとしつこく訊ねてきた。

こうなることは予想していた。だから私は、母が言い返せないことを知りながら、切り札を出した。

「これから私、しばらく遠出できないから」

ズルいな、と思う。自分が。

母のことを嫌っていながら、一方で母に頼る。なのに、やっぱり許せないという気持ちも残っていて、離れたくなってしまう。

電車から差し込む光は、二、三週間前と比べると、かなり弱くなった。それでもまだ、長袖一枚で過ごせるが、あと一か月もすれば、首をすくめて歩く日もあるだろう。

一か月後、私はどうしているのか。先のことを考えないようにしても、頭の片隅にいつも残っている。

駅を降りて、スマホを片手に歩くと、迷うことなく、塀に囲まれた建物の前に着いた。

「ここ……か」

四年前、母が一年二か月ほど服役していた場所だ。

面会には一度も来ていない。伯母は何度か来ていたようだけど、私はハガキ一枚出さなかった。だけど季節ごとに母からは手紙が届いていた。

『あおぞら美容室』の看板を確認してから、ドアを開ける。

「いらっしゃいませー」

制服姿の女性がカウンターから出てきて、ニコニコと笑顔で近づいてきた。母と同じくらいの年齢だろうか。制服を着ているということは、刑務官なのだろう。

「今朝予約した……」

「はい、伺っていますよー。ちょっとこちらに座ってお待ちください。美容師が一人しかいないから、手が回らなくて。もうすぐ終わりますから」

「はい」

「それまで、雑誌でもお読みになります？　お客さんなら、ええと……これとか、この辺かしら」

制服を着た女性が、カウンターの後ろにある棚から、女性誌を出してきた。渡された雑誌は、二十代女子をターゲットにしたファッション誌だ。

私が受け取らずにいると「あ、こういう本に興味ない？」と言った。

興味はある。いや、興味なんて言葉では表せないくらい、この雑誌には思い入れがあった。

「以前はよく……読みました。懐かしいです」

「じゃあ、良かったらそれでも読んで、しばらくそこで待ってて」

カウンターを離れて、その女性は鏡が並ぶ方へ行く。何やら話し声がするが、それは聞かないようにして、私は雑誌を膝の上に乗せた。

表紙を眺め見る。カバーを飾る女性が真っ赤な口紅をして、薄く唇を開けている。

もしかしたら、ここに私がいたかもしれない――。

最終選考まで残ったからこそ、そう思ってしまう。もちろん、オーディションを受けたところで、合格は難しかったかもしれない。あとで言われたことだが、事務所の人は最終まで残ったことすら驚いていて、結果は厳しかっただろうとのことだった。確かにそれは、そうだったかもしれない。でも、そうじゃなかったかもしれない。

その問題は一生正解がわからない。だからこそ、私は今も割り切れずにいる。

「ごめんなさいね。おしゃべりしてたら、長引いちゃって」

頭の上から降ってきた声に顔を上げると、七十代くらいの女性が私を見下ろしていた。長袖のプルオーバーにゆったりとしたシルエットのズボン。私服姿のところを見ると、どうやらお客さんだ。

「いえ……」

「普段は控えめにしているんだけどね。今日はちょっと、話が弾んで。ここへ来ると、ついつい口が軽くなっちゃうのよ」

美容師は受刑者。だからここでは余計《よけい》な話をしてはいけないと、受付で説明されている。

でも——話が弾む？

カウンターへ戻ってきた制服の女性が、お客さんの肩をたたいた。

「おしゃべりは、いつものことでしょ」

「そんなの、言わなきゃわからないわよ。アタシの普段なんて」

「目の前でそれを言ったら、バレちゃっていますよ」

あらそうねー、アハハハ、と口を開けて、二人は笑っていた。

不思議な感じがした。来るまではずっと、ここは刑務所で、重い記憶を引きずっていた。でも目の前にいる二人は、ただただ、笑っている。

「お待たせしました」

衝立の後ろから、エプロン姿の女性が姿を現した。たぶん、私とあまり年齢は変わらないと思う。もっともマスクをしていて顔の半分くらいは隠れているから、正確にはわからない。パッと目に入るのは、ほどいたら相当長そうな、大きなお団子頭だ。

「こちらへどうぞ」

鏡の前に案内された。

白いイスは、もっとフカフカしているかと思ったけど、それほどでもない。ちょうどいい硬さだ。

「本日は、シャンプーとカットと伺っております。どのようにいたしますか？」

「ショートにしてください」

「え？」

美容師さんが、驚いた様子でパチパチと瞬きを繰り返した。

「バッサリ切って下さい」

「良いんですか？　ここまで枝毛や切れ毛が少ない、美しい髪は初めて見ました。切るのがもったいない気がしますけど」

美容師さんが私の髪に軽く触れる。サラサラ……と、つぶやいた。

「ありがとうございます。ヘアモデルをしていたんです」

「ああ……それなら納得です。だったらなおさら、切っても良いんですか？」

美容師さんが、私の髪にブラシを入れた。すぅーっと流れるように髪を梳いてくれる。

神尾田さんの方が手慣れていたけど、この美容師さんの手つきも心地よかった。

「もう、必要ないんです。どうせ抜けるから」

「――え？」

美容師さんの手が止まった。

「あの、それは……？」

プライベートなことをどこまで話しても良いものだろうか。

ただ、入り口ですれ違った女性の「ここへ来るとついつい口が軽くなる」の言葉が、私の口を滑らせた。

「抗がん剤治療がもうすぐ始まるので、抜けるだろうとお医者さんに言われているんです。だから、切っちゃおうと思って。でも、元気なんですよ。今のところ自覚症状はないんです」

状況によっては手術になるかもしれないが、抗がん剤でガンが消える可能性は高いだろうと医師に言われている。どちらにせよ、命が助かる確率は今のところかなり高く、「このタイミングで見つかって運が良かったですよ」と、メタボの医師に言われた。

でもそれは、普通の人なら、だ。病気が発覚してから、運が良かったと思ったことは一度もない。

チラッと美容師さんの方を見ると、返事に悩んでいる様子だった。

「ごめんなさい。困らせるつもりじゃなかったんです。ただ、どうせなくなるものだから、切ることを気にしないで欲しかったんです」

美容師さんは私の髪を、まじまじと見ている。かと思うと突然、定規を持ち出して、髪の長さを計り始めた。

「どうかしましたか？」

「申し訳ありません。少々、お時間をいただきます。お願いします」

突然、美容師さんが右手をあげた。

カウンターのところにいた刑務官が、すぐにやってきた。

「どうしたの?」

「ちょっと……」

美容師さんと二人で店の隅へ行って、何か話し始める。チラチラと私の方を見ているのは、鏡越しに確認できた。

やがて刑務官が、どこかへ電話をかける。しばらくすると、もう一人、別の制服姿の女性が店に入ってきた。

美容師さんは、その女性に近づいて「先生」と言った。

「突然すみません。どうしても今、聞きたいことがあったので」

「今は大丈夫だから。それより、どうかした?」

制服の女性二人と、美容師さんの三人で、円陣でも組むかのように話し合いが始まった。

どうしたのだろう。何か問題でもあったのだろうか。

まさかとは思うが、持病がある人の髪は切れないとでも言うのだろうか。

私のことなのに、蚊帳の外に置かれているのは不安だ。三人の様子をうかがいながら、私は最初に渡された雑誌を手に取った。

高校を卒業すると同時に、東京へ出てきた。バイト感覚でしていたモデルを、本格的に仕事にするためだった。

最初はモデルだけで生活することはできなかったから、生活費はコンビニのバイトで賄っていた。それが、一年、二年と経つごとに、モデルの仕事が増えていき、やがてバイトを辞めることができた。

仕事はその後も増えていき、売れっ子まではいかなかったけれど、それなりに名の知れたファッション誌に呼ばれる機会も増えて、収入も安定するようになった。

自信がつくと、今度はもっと大きな仕事をしたくなる。オーディションも積極的に受け、一番憧れていた雑誌の最終選考まで残ることができた。

でも私は、最終選考の審査会場には行かなかった。その前日、母が逮捕されたと連絡を受けたからだ。

本格的にモデルを始めて四年。一部ではあるけれど、私の顔も売れていて、身内に逮捕者が出たのは、マズいだろうという事務所の判断に従った。たとえオーディションに通ったとしても、後々面倒なことになるかもしれないということだった。

〝先生〟と呼ばれていた女性が、私に話しかけてきた。

「お待たせして、申し訳ありませんでした」

「何か問題でもありましたか？　私、今すぐに、何があるってわけじゃないので、髪を切ってもらいたいんですけど」

〝先生〟は、いえいえ、と自分の顔の前で手を振った。

「そういうことではないんです。切ることは問題ありません。そうではなく、その髪を、残す方法はないかと、担当者が申しまして」

「残す？」

「そうです。私どもには、病気の詳しいことはわかりませんが、お客様はこれから、薬の影響で髪が抜けるとおっしゃったそうですね。でしたら一時的にせよ、ウィッグが必要になるのではないかと。それであれば、ご自分の髪で作られてはどうかというご提案です。せっかく長くて綺麗な髪ですから」

「ウィッグ……」

「もちろん、無理にとは言いません。ただ受付で確認したところ、お客様のお住まいは東京ですよね？　それでしたら私の知り合いもおりますので、もしご希望であれば、お店の紹介もいたします」

少し考えてくださいと言い、〝先生〟は離れていった。

確かに、抗がん剤による脱毛の可能性を言われている以上、ウィッグは必要になるだろう。自分の髪なら、違和感だって少ないかもしれない。

何より思い入れの強い髪だ。――が、モデルだったことは、忘れようとしているのに、手元にあると未練が残りそうで怖い。

ギュッと手を握ると、雑誌の硬い感触を手のひらに感じた。

罪を認めた母に、懲役一年二か月の実刑判決が下された。そう大きく取り扱われたわけではないけれど報道はされ、そこからネット上で、私のことと結びつける書き込みが始まった。

――一井彩の母親が逮捕だって。
――何したんだ?
――業務上横領。
――男にでも貢いだのかな?
――オバサンがいくら金を積んでも無理。
――そもそも、一井彩って誰?
――モデル。雑誌とか、ちょいちょい出てる。写真貼っとく。
――誰、見たことないｗｗｗ
――素人だろ。読モってやつ?

――読モの方が有名じゃね？

――もしかして、自分の娘を売り込むために、母親が横領したとか？

――あー、あるかもね。この程度の顔じゃ、枕するか金つむかしないと、仕事とれないでしょ。

知らない人は好き勝手なことを言う。

母が横領したのは、私のためなんかではない。今は亡き、母の父……私の祖父の会社の経営が傾いたときに、勤めていた会社のお金に手を出してしまった。送金は何度か繰り返されており、悪質性があると判断され、執行猶予ではなく実刑になった。

もちろん母のしたことは罪だ。だから母が罰を受けるのは当然だと思う。ただその母の罪に、私が耐えられなかった。

バッシングはそれほど大きなものではなかった。大々的にバッシングされるほどの大物ではなかったし、事件を起こしたのが親だったということもあって、同情されたりもした。でも、面倒になりそうな人をわざわざ使わなくてもいい、と思われるくらいの実績しかない私を、守ってくれる人はいなかった。

そこからは髪をメインとしたパーツモデルをすることにした。経験があった、というのもあるし、何より顔を出さずにすむ、というのが大きい。

仕事はまあまあ順調にいったけれど、ギャラは安いし、生活は大変になった。でも、母のことで何かを言われることはなかったし、わかる人がわかってくれれば、それでいいと思った。

だけどそれも、病気のせいで諦めた。

「雑誌、お取替えしましょうか？」

美容師さんの手には何冊かの雑誌があった。どうしますか？　と問いかけるような顔をして、私の隣に立っていた。

「いえ、読んではいないので……。それより、ごめんなさい。あまり時間はないですよね」

「今日の予約は、お客様が最後ですから、もう少し大丈夫です。こちらこそ、申し訳ありません。突然、勝手なことを言い出して。無理にと言っているわけではないので、気が進まなかったら、断ってください」

この人が、私を困らせるつもりで提案してくれたわけでないことくらいわかっている。

ただ、未練とともに生活するのはどうなんだろう。

美容師さんは持っていた雑誌を置いてから、小さな声で言った。

「過去を忘れようと髪を切る人もいれば、過去を忘れないようにと伸ばし続ける人もいます。だとしたら、過去を大切にしようとそばに置いておく人がいても、良いと思うんです」

「そばに置いておく?」

「ええ」

小さく、だけどしっかりと、美容師さんはうなずいた。

一度、街中にある大型ディスプレイに私が出演したシャンプーのCMが流れたことがあった。

隣を歩いている人が足を止めて、その映像を見て「綺麗」とつぶやいたのを、私は聞き逃さなかった。

もちろん顔は映っていない。そこに映っているのが、私とは思っていないだろう。だけどそれが私だということは、私だけは知っていた。

この髪が誇らしいと思った。その場で踊りだしたいほど嬉しかった。

でもそれはなくなってしまう。鏡を見るたびに、そんな過去を思い出してしまう。その都度思い知らされる、今の自分。

「未練であっても?」

「大切だったものまで、捨てることはないと思います」

ささやくような声だったのに、クリアに私の耳に届く。

それは私が一番欲しかった言葉だったかもしれない。

忘れなくていいと、許された気がしたから。

鏡を見る。ずっと私を支えてくれた髪は、目や鼻や口と一緒で私の顔の一部のようだった。

「――お願いします。この髪で、ウィッグを作ってください」

それからの美容師さんの行動は早かった。

〝先生〟と呼んでいた人が再び現れ、説明を始めた。

「髪を洗う前に、ウィッグ用にカットをさせてもらいます」

「洗う前ですか？」

「中までしっかり乾いていないと、保存の途中でカビたりすると悪いので、そのままでいいそうです。ウィッグを作る前に、洗浄すると言っていましたから」

「わかりました」

「ウィッグの髪型については、こちらのお店に行って、直接話し合われるのがよろしいと思います。もちろん今、具体的にご要望があれば、私の方から伝えておきます。また、もし体調などの都合で、行けなくなった場合は、電話かメールで連絡してくれれば構わないとのことでした。こちらの店のスタッフが、病院に行くことも可能だそうです」

渡された紙には、お店の名前と住所、電話番号、メールアドレスが書かれていた。水性ペンで書いただろう文字は、うっすらと線がにじんでいる。それを書いたのはきっと〝先生〟なのだろう。手の側面に黒いインクが付いていた。

時間の関係で、私の髪は美容師さんと〝先生〟の二人がかりで作業が始まった。

首にタオルを巻かれ、クロスを付ける。ウィッグ用の髪を切るために、頭の全体を十か所に分けて結ぶ。

「今はどのくらいの長さにしておきますか？　それによって、ウィッグ用の髪を切る位置が変わるので」

〝先生〟は、もう少し下、とか、バランスを見て、などと言いながら、美容師さんに指導する。美容師さんは、指示をすべて自分のものにするんだという眼差しで、はい、はい、と返事をしながら手を動かしていた。

「短すぎるのも、違和感がありそうなので……やや短めのショートボブくらいにしてもらおうかな。それでも良いですか？」

「もちろんです。お客様の髪は長いので、ウィッグ用の髪は十分とれますよ」

「じゃあ、それでお願いします」

一回目の作業が終わり自分の顔を鏡で見ると、これが私？　と思うくらい、雰囲気が変わっていた。ちょっと幼くなった気がする。

「ちゃんとしたカットはこれからしますから、安心してください」

「あ、そうではなくて……昔を思い出したんです。子どものころ。小学校に入るか入らないかのころ。そのころは短かったので」

シャンプーが終わると、もう一度鏡の前に戻った。

今度は通常のカットが始まる。いつの間にか、〝先生〟と呼ばれていた人の姿は見えなくなっている。店内は美容師さんと、刑務官と、私の三人になっていた。

「短いのも、素敵ですね」

「そうですか？」

「ええ、輪郭がスッキリとしているから、お似合いだと思います」

不意に、母の顔が頭に浮かんだ。

六歳くらいまで、私は髪を切ったことがなかった。毎朝、登園前に母に髪を結ってもらっていた。母はそんなに器用ではなかったのか、左右の高さがズレていることはよくあった。

小学校の入学式の三日前、私は長かった髪を切った。

どうして髪を切ることになったのか、その辺りの記憶は曖昧だ。ただ美容室に着いて、切る段階になったら、やめると言い出した覚えはある。

怖くなったのかもしれない。少なくとも、物心ついてから初めての経験に、恐ろしくなったのかもしれない。

今日はやめましょうか？　美容室の人がそう言ったとき、母が私の目をじっと見て、髪に触れた。

──彩は顔がシュッとしているから、短いのも似合うよ。

もしかしたら、母は毎朝髪を結ぶのが面倒くさかったのだろうか。それで美容室へ連れて行かれた？

ジャキジャキと、ハサミが私の耳の近くで踊る。ウィッグのために切った髪は当然ながら不揃いで、美容師さんが少しずつ形を整えてくれる。

「羨ましいくらいサラサラですね。私の髪は少しクセがあるのでお客様のような髪に憧れます」

鏡を使って、美容師さんの頭に視線を向ける。が、きっちりとまとめ上げられたお団子頭では、クセがあるかどうかまではわからない。

「もしかして、クセを隠したくて、お団子にしているんですか？」

「いえ、そういうわけではないです。長いと……作業の邪魔になるので」

「かなり長いですよね。ほどいたら、ラプンツェルのようだったりして」

「ラプンツェルって、アニメのですか？　予告を見ただけなので、よくわかりませんけど」

「そうです。映画で主人公は、髪を使って塔の上から降りていました。二十メートル以上あったと思います」

「さすがに、そこまでは長くないですね」

ふふ、と美容師さんが少し声を漏らして笑った。

その声は穏やかで耳に優しく響く。

「ラプンツェルの初版って、映画とはだいぶ内容が違うんですよ」

「そうなんですか？」

手は動いているけれど、興味を持ったらしい。美容師さんの顔が少し前に動いた。

「ええ。グリム童話は、今出版されているものとはかなり内容が変わっていることが多いですけど、ラプンツェルもそうなんです。映画では、王女の元に男性が逃げ込んで来て、一緒に塔から降りますが、原作では王子様が塔にいる女性のところへ行くという話なんです」

「塔からは降りないんですか？」

「降ります。ただ、王子とともに逃げるのではなく、妊娠していることがわかって、魔女に追い出されるんです」

美容師さんの手が止まった。

「それってつまり……」

「王子様が塔へ来たときに……ってことみたいです。子ども向けには問題があるのか、その後変わったらしいですけど」

「ラプンツェルはどうなるんですか？」

「塔から追い出される前に髪を切られます」

美容師さんはよほど驚いたのか、大きな声で「え？」と声を漏らした。制服の女性が「どうかした？」と心配そうな様子でカウンターから顔を覗かせる。

「いえ……」

美容師さんは急に口をつぐんだ。

何かマズいことを言ってしまったのだろうか。

不安を感じていると、美容師さんは「続けますね」と、また髪を切り始める。

ジャキジャキとハサミが動く。その音は、さっきまでと同じリズムに戻った。

鏡に映る私は、手を上げれば同じように上げ、瞬きをすれば目をつむる。でも自分と同じ動きをするのに、別人のようだ。

短くなった髪を見たら、母は何と言うだろうか。

やっぱり、彩は顔がシュッとしているから、短いのも似合うよ、と言ってくれるのだろうか。

それとも——。

「あれ？」

「どうかされましたか？」

「いえ……」

母の目だ。あのとき、私に短いのも似合うと言った母の目を、見た気がする。

いつ？　小学校？　中学校？

中学へ入るころには、また髪を伸ばし始めた。ただ母は、特に何も言わなかった。

どこだっただろう……。

「あ！」

「切りすぎましたか？」

美容師さんがワゴンの上にハサミを置く。全体の長さを確認するように、私の周りをウロウロしていた。

「いえ、違います。ちょっと昔……のことを思い出したんです。驚かせてごめんなさい、続けてください」

わかりました、とまた、ハサミが動き始める。

私が髪を切るときに見せたあの日は、昨日見たのだ。

病気がわかったとき、私はすぐに母に連絡した。そのときに、モデルは辞めると伝えた。

母は私が、髪を失うことを知っていたから、あんな目で見ていたのだ。

一つの記憶が呼び水になったのか、断片的だが昔のことがよみがえる。

子どものころ、母が美容室へ連れて行ったのではなく、私が行きたいとせがんだ。入学式を前にして、美容室へ行く友達を見ていたら、私も切って欲しくなった。

考えてみれば、母は忙しくても毎日髪を結んでくれた。だけど私が、ジッとしているのが嫌で、面倒だと思っていた。母はあのとき、美容室へ行きたいという私に、良いよ、と言いながら寂しそうにしていた。

でも反対しなかった。むしろ新しい場所へ飛び込めずにいた、私の背中を押してくれた。

——お母さん。

本当はずっと会いたかった。何度も連絡を取ろうとしていた。でも一度背を向けてしまった私は、病気が発覚するまで、自分の気持ちを見ないようにしていた。

呼びかけたら、母は応えてくれるだろうか。

また、昔のように話せるだろうか。

短くなっていく髪を見ながら、そんなことを考えていた。

美容師さんが私の後ろで鏡を広げる。

「いかがでしょうか？」

ずっと長かったから、違和感がある。顔のパーツは確かに私なのに、やっぱり自分ではない感じがする。首筋がスースーして、これから寒くなっていくのに、ちょっと心もとない。

でも悪くない。ウィッグはこの髪型に似せて作ってもらおう。きっとそれに見慣れたころには、今とは違う気持ちでいられるかもしれない。

カウンターのところで、紙に包まれたウィッグ用の髪を受け取る。私の頭から切り離された髪は、想像よりは重くなかった。

なんだ、こんなものだったのか、と少し拍子抜けした。

伸ばしていたころは、もっと重いものだと思っていた。仕事への責任とか、たくさんの思い出とか、自分のプライドとか。

でも切ったところで、私はそんなに変わっていない気がする。

「ありがとうございました。ここへ来て、良かったです」

「そう言ってもらえると、私も嬉しいです」

微笑む美容師さんの頭に目が行く。

その髪に何か想いがあるのかは聞けない。けれど一つだけ、伝えておきたいことがあった。

「ラプンツェルのお話には、続きがあるんです」

「え？」

不意打ちのせいか、美容師さんは戸惑っている。

制服の女性は、少し困ったような表情をする。でも私を見て小さくうなずいてくれた。

「版を重ねていくうちに、時代に合わせてなのか、初版とは表現が変わっていきます。そして、物語には紆余曲折があります。でも最終的にラプンツェルは、王子様と子どもたちと一緒に暮らすんです」

美容師さんの反応は薄い。いや、動揺を隠そうとしているのかもしれない。握りしめている手はかすかに震えていた。

この人もきっと、何かを抱えている。そして私自身が、そうなりたいと願っている。

だから言わずにはいられなかった。

「髪を切っても、ラプンツェルは幸せになったんです」

突然、美容師さんの目から涙が溢れた。マスクの上から手をあてて、声を殺して泣いている。制服の女性に肩を抱きかかえられながら、涙を流していた。

五章　藤村《ふじむら》　史佳《ふみか》

毎日、つまらない。

お父さんは私の顔を見れば「勉強しなさい」しか言わないし、お母さんは「部屋を片づけなさい」「服はちゃんとしまいなさい」「靴のかかとを踏まない」って小言ばかり。もちろん、勉強のことも注意される。

学校の先生は「中学生はもう、大人だから自分のことは自分で責任をもつように」とエラソーに言うくせに、都合が悪くなると「まだ子どもでしょ」って叱る。

いったい、どっちなの？　って思う。

勝手すぎない？　ってイライラする。

大人たちは、その時々で、私たちを都合良く区分する。

そして今も、そんな場面にいる。

「ずいぶんな成績ね、史佳」

目の前にあるのは二学期の中間テスト。今日、全教科返却されて、仕事から帰ってきたお母さんに見せた。もちろん、自分から見せようなんて思わないけど「テストは？」と訊《き》かれれば、はい、と言うしかない。まだだよって言えば、一日か二日は生き永らえるけど、結果は同じだから白旗は早々にあげたほうが賢明。そのくらいは学習している。

もっとも、テストを見せたら見せたで、地球の裏側まで届くのかと思うくらい、長い溜息をつかれてしまった。お父さんが帰ってきたらまた怒られる。どうせなら、まとめて怒られた方が楽だけど、そうさせてくれないのが、我が家の両親だ。

「ごめんなさい」

「ごめんなさいじゃなくて、どうしてこんな成績を取ったのか教えて欲しいの」

「えーと……勉強はしていたつもりなんだけど」

「勉強したなら、こんな成績にならないでしょ」

「ごめんなさい」

「だから、ごめんなさいじゃなくて、どうすればいいのかを言いなさい」

「勉強する」

「どうやってやるかを聞いているの」

こんなとき、何と言えば、親は満足するんだろう。

勉強しなかったからと言えば、百五十パーセント怒られる。

でも、勉強した、というのも嘘じゃない。どの教科もクラス平均よりは良かったし、英語と社会は八十点を超えた。だけど怒られる。

要するに、親が期待した点数ではないということだ。

でも普段は「一生懸命やることが大切なんだよ。結果はその次だから」って言っている。

もちろんそんなことはない。いつもそうだから、わかる。

お母さんは、さらに目を吊り上げた。

「結果が出ないなら、その勉強は意味がないでしょ」

もう答えることはない。だけど黙っていると……。

「何とか言いなさい。黙っていたらわからないでしょ」

私はなんて言えばいいの？　否定されるだけだから、言うことがないのに。

テストは確かに良くなかったな、と思う教科もある。理科だ。平均点を上回ったといっても一点だけだし、たまたま記号問題が当たっただけで、理解はしていない。

「これから、どうやって勉強していくつもり？」

「えっと……」

親の好きそうな答えを考える。だいたいいつも同じ。だけど、そう言えばお母さんのお説教が終わるから、やっぱりいつも通りに答える。

「予習して、授業をちゃんと聞いて、帰ってきたら復習して、わからないことをそのままにしないようにする」

「本当にそれ、できるの？」

できないよ。でもそんなことを言ったら、お説教があと三十分は延長される。

だから私は、

「頑張る」

そう言うしかないでしょ、と思った。


学校でいつも一緒にいる、心春《こは》は吹奏楽部へ。優愛《ゆあ》は塾があるからと、授業が終わると急いで教室を出て行った。二人ともぶつぶつ言っていたけど、口ほど嫌がっていない。心春は二年生になってから、自分用の楽器を親から買ってもらっていたし、優愛は別の学校の男子に会えるのを楽しみにしている。

私は英語部に入っている。英語は嫌いじゃないというのと、活動が週に二回しかないという、見事なまでに消極的な理由で選んだ。だから放課後は、一人で帰ることが多い。

家に帰って、録画したドラマでも見ようか。お母さんが帰ってくる前に勉強していれば問題ないし、なんてことを考える。

もちろん、勉強ができないよりできたほうが良いとは思う。だけど勉強はしたくない。たぶん、この世のほとんどの人は、そんなものだ。

もしかしたら、勉強が趣味です！　って人もいるかもしれない。でもそういう人はきっと、実は遺伝子がちょっと違って、別の生物なんじゃないかと思っている。

先生は、すっごい成績の良い人か、すっごい悪い人以外には、わりと冷たい。冷たいというか興味なさそう。話しかけても「ふんふん、そうなの。そうですか」って、貼り付けたような返答しかない。

先生にかまって欲しいわけじゃない。でも期待を抱かせないし、失望もさせない、手間がかからない生徒は、そんな対応しかしてもらえないのが、ちょっと悔しい。

だからといって、勉強ができる「良い」生徒になるのは、簡単じゃない。お母さんに言った通り、予習して、授業を聞いて、復習して……なんてことを毎日すれば、二年後くらいにはなっているかもしれないけど、そんなことはやりたくない。

だから思ってしまう。

「手っ取り早いのは、悪い方に行くことだよね」

失敗したなあ、と思う。制服だから、見つかったらすぐに身元がバレてしまう。放課後だからか、制服なのは私だけじゃない。高校生が多くて、中学生はほとんどいない。あとは、子どもを連れたおかあさんとか。幼稚園に通っていそうな、小さな子どもが店内を走っていた。

可愛い、と思うのと、うるさい、と思うのと半々。でも、友達が一緒だと百パーセント「可愛いね」と言っている。

子どもは可愛いもの。みんなそう思っているから、そう言わなきゃいけない空気。でも本当は、そんなに好きじゃない。嫌いじゃないけど、好きじゃない。

雑貨もそう。お店の一角に、今はやりのキャラクターグッズが置いてある。とぼけた顔のタヌキのキャラクターだ。みんな可愛いって言っている。心春も優愛も、ポーチとか、キーホルダーとか持っている。

三人でこのお店に来たことがある。そのとき二人が、可愛い、って言っていたから、私も可愛いって言っておいた。でも本当はそんなに、可愛いとは思わない。悪くないなって思うけど、わざわざ買わなくても良い。悪くないと、可愛い、にはかなりの差がある。平均点か八十点かくらいの差だ。

だけど私のカバンの中には、このタヌキのポーチが入っている。三人でお揃いだねって、買った。

「あ……子ダヌキが出たんだ」

そのうち出るかもね、なんて話を三人でしていた。子ダヌキの顔はわりと可愛い。目がくりくりとしていて、親ダヌキ同様、ちょっととぼけた顔をしている。

「心春と優愛は、なんて言うかなあ……」

だいたい、二人が可愛いと言ったものは、私は微妙と思うことが多い。その反対に、二人が微妙と言ったものは、私は可愛いと思うことが多い。

でもそれも、どこまで本当なのかわからない。やっぱり二人とも、可愛い、と言わなければならないと思って合わせているだけかもしれない。

「これ、ちょっと良いかも」

スマホのイヤホンジャックに付けるアクセサリーだ。子ダヌキがプラプラ揺れて可愛い。買おうかな。値段を見ると七百八十円もする。今月のお小遣いはまだ手付かずだけど、これを買ってしまうと千二百二十円しか残らない。

一か月二千円のお小遣いの七百八十円はかなりの額だ。パッと見て、パッと買うのはキツイ。

お父さんとお母さんの会話を盗み聞きしたとき、お父さんのお小遣いが一か月四万円っていうのを知ってしまった。私の七百八十円をお父さんに置き換えると、一万五千六百円に値する。

お父さんはこの前、四千円のシャツを買おうか悩んでいた。でもこのジャックは、一万五千六百円。

陳列棚に戻す。でも子ダヌキが私の方を見ている。

これを心春と優愛に見せたらどんな反応するだろうか。

そんなことを思うと、もう一度それに手が伸びる。今は客が多い。店には死角も多い。きっとバレない——。

「ちゃんと見張っててよ」

「わかってるって。もうちょっと待って。今、店員がこっちの方を見てるから」

ガシャガシャと店内に流れる賑やかな音楽の隙間を縫うように、反対側の棚から潜めた会話が聞こえてきた。気のせいかもしれないけど、悪い想像をしてしまう。

棚は私の背よりも高い。私が反対側にいることに気づいていない？

耳を澄ます。普段は気にならない店内に流れる音楽が、今はうるさく感じた。

「あ、もうちょっとで大丈夫かも。……決めた？」

「うん。コレにする」

気のせい？　決定的なことは言っていない。でも会話の内容が気になる。

足音をたてないように、ゆっくり移動する。心臓がバクバクする。緊張からか、呼吸が浅く早くなる。口の中が乾いた。

棚の端まで来て、隣のレーンに顔だけ出した。

いたのは二人組の女子高生。このお店から一番近くにある高校の制服を着ている。

一人は髪が長く、もう一人はかなり短いショートカット。二人は私とは反対側にいる、店員の方に顔を向けていた。

移動したせいで二人から距離が遠くなって、何を話しているのかまったく聞こえない。だけど行動は見える。

ショートカットの一人が、こっちを見た──気がした。ヤバい、見つかった？

イ・マ・ダ。

唇がそう動いたかと思うと、髪の長い方の手が、大きめのトートバッグに入る。その手に持っていたクリップも一緒に入った。

店員さんを呼ばなきゃ。万引き見ましたって教えなきゃ。

でも足が震える。手も震えている。相変わらず口を開けたまま、息をするしかできない。

二人が私の方へ歩いてくる。目が合う……怖い。

慌てて顔を背けると、二人は立ち止まることなく、出口の方へと歩いて行った。

もしかして、私のことを話しているのかもしれないと思うと、怖くて振り返れない。

すぐにお店から出たかった。でも、店の外で私が出るのを待ち構えられているかもしれないと想像すると、それも怖くてできなかった。

震える足に気づかないふりをして、さっきまでいた売り場に戻る。子ダヌキが私を見ていた。


子ダヌキは私の机の、引き出しの中で眠っている。今月は千二百二十円で過ごすしかない。

あーあ、と思うけど、ホッとしていたところもあった。あと一歩違っていたら、と考えると、たぶん、あーあ、で終わらない。

あの女子高生たちは捕まっていないし、きっとお店の人も気づかないままだろう。ただ、自分がしようとしていたことを、予告VTRで見せられた気分だった。

給食が終わって三十分くらいの昼休み。今日は十一月にしては天気が良いから、グラウンドへ飛び出して行った男子も多い。とはいっても、やっぱり風は冷たくて、とても外に出る気にならない。

優愛が何やら楽しそうな顔をした。こういう顔をするときは、だいたい突拍子もないことを言い出すときだ。私は身構えた。

「来週の月曜、休みだよね。二人はその日、時間ある？」

机に腰をかけていた心春が、どうだったかなーと、視線をちょっと上にあげた。

「文化祭の代休の日でしょ。なんかあったかもしれないし、なかったかもしれないし」

「そりゃ、どっちかでしょ」

優愛はツッコミを入れつつ、まあまあ話を聞きなさいよ、と一人で盛り上がっていた。

「最近退屈だから、ちょっと面白いことをしてみたいんだよね」

「文化祭があるでしょ」

「心春は吹奏楽部のステージがあるだろうけど、私や史佳はクラス展示だけなんだよ。美術や家庭科の作品なんて、見てもらわなくていいし、見せたくないくらいだから」

「私だって、部活が楽しいばかりじゃないよ。運動部と違って、先輩はこの文化祭まで引退しないからいつまでも威張り腐っているしさ」

吹奏楽部は文科系のクラブだけど、体育会系よりも上下関係が厳しい。心春はよくそれで愚痴を言っている。この愚痴が始まると長くなることを知っているから、優愛は「だからさ」と奪うように先に口を開いた。

「たまには、いつもと違うことしてみようよ」

「何をするの？」

私が訊ねると、獲物が食いついてきたとばかりに、優愛は顔を前に出した。円陣を組むように三人の頭が近づく。

優愛が秘密の箱を開けるように言った。

「この前テレビを見て知ったんだけど、刑務所の中に美容室があるんだって」

心春が当然、と言いたそうな表情をした。

「そりゃ、あるでしょ。懲役十五年とかの人がずっと髪を切らなかったら、大変じゃない」

「そうじゃなくて、普通の人が行ける美容室ってこと」

心春が、どういうこと？　と言いたそうに私を見る。私だって、優愛が何を言おうとしているのかわかるわけがない。

もったいつけないで結論を言ってよ、と思いながら私は訊《き》いた。

「刑務所なのに、誰でも行けるの？」

「そう。ただし、平日だけみたいだけど。検索したら、最近利用したらしい人がインスタに載せていて、利用時間や料金も書いてあったよ」

「珍しいものがあるんだね。でもそれと……え、まさか？　代休の日にそこへ行こうって話？」

私が驚くと、心春も口をはさんだ。

「それが面白い話なの？」

「面白いでしょ。普通は入れない場所じゃない」

優愛は好奇心旺盛だ。心春も普通は入れない、というところに興味を惹かれたらしく、少し身を乗り出した。

「ってかさ、どうして刑務所の中に、普通の美容室があるの？　まさか犯罪者が美容師ってわけじゃないでしょ」

「そのまさか、なの！」

え？　と、私と心春の声がそろう。その反応が望んでいたものだったのか、優愛は嬉しそうにうなずいた。

「受刑者が美容師なんだって」

「逃げ出さないの？　ホラ、お客さん人質にとって、脱出するとか」

「脱出じゃなくて脱獄ね。迷路じゃないんだから、脱出はないよ」

「わかってるよ。優愛って細かいんだから」

負けず嫌いの心春は、指摘されるとすぐに言い返した。

「逃げる心配はないみたい。係りの人が一緒にいるから。刑務官っていって、刑務所にいる警察官みたいな人」

「でも犯罪者でしょ。しかも美容室ってことは、カッターとかハサミとか使うんだよね？となると、いきなり――」

最後まで言わずに、心春が口を閉じた。

刑務所には引っかかるけど、何かイベントが欲しい。

それも大人たちが中学生《わたしたち》に求める「自由に考えて」の文化祭なんかじゃなくて、私たちが面白いと思うもの。

ちょっと普段と違って、ちょっとスリルがあって、ちょっと特別感があって。

でも、怖いのも、危険なのも、怒られるのも嫌。自分は安全なところにいて、スリルを味わいたい。

「場所はどこなの？」

「電車で三十分ぐらいのところ。ちゃんとホームページで調べたから大丈夫」

「カット代は？　高い？」

「ううん安い。千円とか、そのくらい」

「へー、それは安いね」

そうは言っても、私には昨日の七百八十円が重くのしかかる。千円払ったら、残りは二百二十円しかない。

心春が「安いけど厳しい」と言った。

「千円はキツイ。刑務所で髪を切ってくるからお金頂戴って、親には言えないし。うちの親はたぶん、反対するから」

優愛がわかってると言わんばかりに、二度うなずいた。

「実はさ、私、今月のお小遣い、もうないんだよね」

「えー、優愛から言い出しておいて、それ？　どうするつもりだったの」

「貯金おろすしかないかなって……。お年玉貯めたのがあるから」

「親に知られずに引き出せるの？」

「それは……」

優愛にしっぽがあったなら、しょぼん、と垂れ下がった感じだ。バイトもできない中学生にとって、お金の問題は高い高い壁だ。

私も心春もお小遣いは一か月に二千円。優愛は三千円。塾へ行く前にちょこちょこお菓子を買う優愛は、それでも足りないという。

もちろん私だってそれだけじゃ足りなくて、たまにお父さんの機嫌がいいときの臨時収入とか、おばあちゃんの家へ遊びに行ったときなんかは、ちょっと特別感のあるお札をもらっちゃったりするから、それで一年を乗り切っている。

それでも、千円は私たちにとって安くない。

「それにしても、どうして刑務所にいる人が、美容師なんてやっているの？」

「刑務所出たあとのためみたい。仕事ないと、また犯罪に走るからじゃないかな」

「なるほどね。お金がなければ、盗んじゃったりするかもね」

ドキッとした。昨日のことを見られていたのかと、思ったりした。

でもそんなはずはない。私はお金を払った。盗んだのは、あの女子高生たちだ。

私はドキドキを鎮めるようにゆっくりと息をしながら、優愛と心春の会話を聞いていた。

心春は「ママがさあ」と言いながら、足をブラブラさせる。

「ああいうところに入る人は、自業自得だって言ってた。法律を破ったわけでしょ。社会から隔離してくれないと困るでしょ。犯罪者なんて」

優愛も心春に同調する。

「まあ、身近にいたら怖いよね」

「なのにさ、そういう人たちが生活するのに、私たちが払った税金が使われているんだよ。

その美容室を運営するのだって税金でしょ。そんな値段だと、お店が維持できないだろうし。だいたいなんで、犯罪者に税金を使わなきゃならないわけ？　そんなことなら、もっと他に使うところがあるでしょ」

　教科書に出てきそうなことを言うのが大人っぽいと思っているのか、心春はたまに、社会問題みたいなことを口にすることがある。空気を壊したくないから指摘はしないけど、ちょっとうんざりする。

「だよね。もっと学校の設備とか、新しくして欲しいって思うよね。図書館の本だってなかなか新刊が入らないし」

「部活で使っているトランペットも数が足りないよ。バレー部だって、切れたネットを補修しながら使っているし。そういえば、刑務所って全部無料なんだって。食事とか病気になったときの病院代も」

「嘘！　めっちゃ、楽してんじゃん。人権とか、使いようだね」

　人権なんて言葉、社会の授業中ぐらいでしか言わないのに、二人の会話は加熱していく。

　犯罪者とか、税金とか、人権とか。

　こんなときは、知っている単語を、深く考えずに口から垂れ流す。言葉の意味は知っていても、その先にある問題までは考えない。

ばっかじゃないの、って思う。

思うけれど、きっと引き出しの奥で眠っている、子ダヌキがいなければ、私も一緒になって言っていたと思う。

今になると、どうしてあんなことをしようと考えたのかわからない。だけどあと少しで、私もあの女子高生と同じことをしていた、かもしれない。

それは犯罪で、ダメだって知っているのに、手が伸びていた。

刑務所にいる人たちは、どうして捕まるようなことをしたのだろう。

私がそんなことを考えていたら、優愛が「でも、危なかったら、お店がなくなっているよね」と言った。

「どういうこと？」

「だから、これまでその美容室があったってことは、問題がなかったってことじゃないかと思うんだ」

優愛の言葉に説得力を感じたのか、心春は小さくうなずく。

「そうかもね。でも犯罪者だよ？」

「そうだけどさ、誰だって、いつ何があるかわからないじゃない。道を歩いていて、通り魔に刺されるなんて、誰もその日、そのとき、知っているわけじゃないでしょ？　もしかしたら、家の中にいたのに空から飛行機が落ちてくるかもしれないし。そうやっていつ何が起こるかわからないんだったら、いろいろチャレンジするのも面白いんじゃない？　それとも心春は怖い？」

「そういうんじゃないけど……」

「怖くないならいいじゃない」

「でも、親がダメって言うかもしれないし……」

「平日の昼間だもの。仕事へ行ってるし、わからないでしょ」

どの家も日中、家に人がいない。夕方には自宅に帰ってこられるから、適当に口裏を合わせておけば問題ない。

だけど「怖い」と言えない性格の心春は「でも私、お金ないよ」と必死の反論をする。

優愛もそれは痛い問題らしく、顔をしかめた。

「お金ね……電車代も考えると千五百円は必要だよね。う――ん……」

腕組をしてうなる優愛は「そもそも、三人いっぺんにしてもらえるかはわからないんだよね」と独り言のように言う。

私はそのつぶやきを聞き漏らさなかった。

「どういうこと？　一度に大勢のお客さんはダメって決まりなの？」

「決まりというわけじゃないと思うけど、美容師さんが一人しかいないみたいだから、みんな一度にカットって無理でしょ」

「あ、なるほど。じゃあ、無理じゃない？ 一人ずつしてもらったら、時間がかかって、親が帰ってくる前に戻れなくなるかもしれないし」

「そこなんだよね。一人なら大丈……」

悩ましそうな優愛の顔が、突然パッと明るくなった。

「そうだ！ じゃあ、一人にしよう」

「一人で行くの？」

「そう。そうすれば、電車代は一人分でいいし。で行った人が、あとで様子を伝える、と」

「それなら優愛が行ってよ。言い出したのは優愛なんだから」

「だから私はお金が……。結局千五百円かかるんだもの」

お金がないなら行かなければいいのにと思うけど、優愛は引かない。

心春は気乗りがしていないみたいだし、普段ならここで私も反対して、話が終わる。でも昨日のことが頭から消えなかった私は、何となく「犯罪者」を見たい気持ちになっていた。

「三人で割り勘するのは？」

優愛がすぐに話に乗ってきた。

「一人分を？」

「うん。それで代表が一人行く。それくらいなら、何とか払えるでしょ」

「でも誰が行くの？　私、みんなからお金貰って行くのは悪いよ」

不思議なもので、渋っていた心春も、五百円の負担なら行っても良いかな、に心が傾いているらしい。心春のブラブラする足が、さっきよりも早くなっている。

私は……行きたい、と、行きたくない、という気持ちが、振り子のように揺れている。見てみたい。でも怖いって気持ちも消せない。

心春の足が止まる。ニカッと白い歯を見せて、右手を上げた。

「じゃあ、じゃんけんしよう」

優愛の声がひっくり返る。

「じゃんけん？　え、そんなテキトーに決めるの？」

「だって、それ以外どうするの？　各々主張するの？　原稿用紙一枚以内で、とか」

「そんなの面倒に決まってるでしょ」

「うん、だから、じゃんけん。それが嫌ならアミダくじ」

「アミダ作るのめんどい」

「だから、じゃんけん」

示し合わせたように、三人が同時にうなずいた。

こういうとき、なぜか自分は負ける気がして、だけど勝つような気もする。でも三人以上のじゃんけんは、かなりの確率で、最初はあいこになったりする。

心春が「じゃんけーん」と言った。その声が思ったより大きくて、クラスにいたほかの人たちの目が向いた……ような気がした。

「ポン！」

私の予想は外れた。

チョキが二人にグーが一人。私の右手は拳を握っていた。


電車に乗っている段階で、すでに後悔していた。

ううん、駅まで見送りに来てくれた二人と別れて、自動改札機に切符を通したときから、後悔していた。

「なんで、こんなことになったんだろう……」

お母さんには、優愛と心春と遊んでいることにしてある。夕飯前には帰ってきなさいって言われているけど、予約の時間は午後の一時。カットは一時間もかからないという話だから、夕方には帰れる。

平日の昼間に電車に乗っていると、学校をサボったんじゃないかって思われそうで、落ち着かない。今日は文化祭の代休なんですよ、って首から札を下げていたい。

ガタンガタンと電車の振動に身体を預けて、窓の外を見る。

降水確率は四十パーセント。降りそうで降らない空は、どんよりとしている。流れていく建物も、全体的に暗く見える。黄色や赤の看板や屋根も、くすんでいるように感じる。私の感情も、同じくらい重い。

駅を降りてからは、迷うことなく刑務所についた。ちょっとホッとした。誰かに場所を聞かなければならなかったら、どう思われるだろうと考えていたから。

刑務所は塀で囲まれていたけど、門は解放されていた。

開いていて大丈夫なのかな？　不安になる。でも外からお客さんを入れているくらいなら、それもアリなのかもしれない。

門の近くにいた制服を着たおじいさんに、美容室の予約をしてあることを言うと、ジロジロと見られた。

「お嬢さん、一人で来たの？」

「はい」

「予約はしてある？」

「あります……」

もしかしたら、じゃんけんでグーを出したことを、一生のうちで一番後悔するのが今かもしれないと思うくらい、少しの沈黙が不安になる。

おじいさんは悩ましそうに「んー……」と、声を漏らした。

「ま、あっちで判断してもらうかな。お嬢さん、ついておいで」

子ども扱いされていることが面白くなかったけど、騒いだらもっと子どもっぽいから、はい、と言って、おとなしく後ろを歩く。

もしかして、刑務所の中に入る？　ドキドキする。ただそれにしては、学校のような普通の建物だ。

連れていかれた場所は、制服を着ている人たちだらけの場所で、私が見ても、犯罪者じゃないことはわかった。

いかにも事務所の窓口という感じのガラス戸を開けて、おじいさんが顔を入れた。

「すみません。この子、美容室の予約したって言うから連れてきたんですけどね」

机に座ってパソコン作業をしていた、お姉さんが窓口まで出て来る。

「この子一人ですか？」

「そうですよ。あとはこっちでお願いできますか？」

お姉さんは「わかりました」と言いながら、表情は明らかにやれやれ、という感じだ。

おじいさんが来た方向へ戻ると、お姉さんは私の前に立った。

背が高いせいか、見下ろされると迫力がある。でも制服を着たら、まだ高校生で通用するかと思うくらい若い。

「自分で電話したの？」

実際に電話をしたのは優愛だけど、説明が面倒だったから「はい」と言っておいた。

「美容室の予約ってことは、カットとかだよね？」

「はい」

「学校は？」

「文化祭の代休で……」

責められているような口調に、私の顔はどんどん下を向いて、お姉さんの靴と床のシミばかり見ていた。

「遊びで来られると困るんだよね。見たところ中学生っぽいけど、さすがにここがどこかわからないほど子どもじゃないよね？　ここ、中学生以下の一人の利用ができないんだよ」

「そうなんですか？」

「そう。子どもが一人で来るような場所じゃないでしょ」

子どもじゃないよね？　と言われながら、子どもが一人で来る場所じゃないとも言われる。

やっぱりここでもそうだ。子どもと言われて、子どもじゃないと言われて。

悔しい。でも言い返せなかった。

「どうかした？」

廊下に低い声が響いた。私の後ろから、カッカッと靴音が近づいてくる。

「所長！」

私の前にいた女性が頭を下げる。お姉さんの身体の周りにある空気がピシッと固まった。

偉い人が登場するとは思っていなかった私は、走って逃げたくなった。でも前も後ろも、大人に挟まれている。横にドアはあるけど、どこに通じるかもわからない。何より足が震えていて、逃げだせなかった。

「この子が、美容室の予約をしていたのですが……」

「ん？」

視界に大きめの革靴が入る。顔を上げると、校長先生と同じくらいの年齢の男の人が、私の前に立っていた。この人が所長なんだ、と思った。

「ああ……なるほど。中学生？」

うなずくと「そう」とだけ言われた。

ドキドキした。お母さんに怒られているときよりも緊張する。万引きの現場を見たときと同じくらい怖かった。

「学校はどこ？」

「西中……です」

「そう。君さ……」

君、と言ったのは、私の方ではなく、お姉さんに向けてだ。

私に背中を向けて、二人は何かひそひそ話している。断片的に、学校とか、代休という単語が聞こえてきた。

嫌だ。学校に連絡されたら、親にもバレてしまう。雑貨屋で、一瞬でも盗ってしまおうかと思ったことさえ、バレてしまうんじゃないかと思った。

ごめんなさい、もうしません。悪いことは考えません。

ギュッと目をつむっていると、所長の声がした。

「代休は本当らしいね」

「え？」

「学校には連絡していないよ。学校のホームページで確認させてもらった。確かに一昨日の土曜日、文化祭があったね。だから月曜日の今日が休みなのは間違いない。君がどこまで本当のことを言っているのか、僕たちにはわからないからね。まあでも、学校名を偽られていたら、確認しようがないか」

「嘘じゃありません！」

声が震えた。本当のことだから、疑われたくなかった。

「うん、そこは信じよう。だから、この先も正直に話してほしい。良い？」

「……はい」

「ヨシ、約束成立だ。じゃあ質問。君はどうして、ここへ来ようと思った？」

「友達が行ってみたいって言って……」

「その友達は今どこにいる？」

「地元に……。その……お金がなかったから、三人で出し合って、一人が行くって感じになって……」

「ああ、そういうこと。まあ中学生のお金の価値は、僕らとはちょっと違うだろうからね。このこと、親御さんは知っている？」

どうしよう、なんて言えばいいんだろう。

優愛の携帯番号を教えて、そこにかけてもらえば、ごまかせるだろうか。

でも打ち合わせもなしに上手く行くとは思えない。

黙っていると「なるほど。僕との約束を守ってくれているわけか。嘘は言えないけど、本当のことを言ったら困ったことになると。悪くない方法だ」

「――え？」

てっきり怒られると思った。でも所長の表情は変わらない。だからといって怒っているわけでも、笑っているわけでもなかった。

「それで、ここがどんな場所かわかっているよね？」

「はい」

「髪を切ったら、満足するわけ？」

「えっと……」

どうなんだろう。

警察に捕まるようなことをした人が、どんな人なのか。テレビで見たことはあっても、それは遠い世界の人みたいな感じで現実には思えない。テレビの向こうは、非日常の世界だから。

でも、実際に会ったら私はどう思うのだろう。万引きをした人たちのように怖さを感じるのか、もっと恐ろしさを覚えるのか……。

悩んだ末に、正直に答えた。

「よくわかりません。美容室に行ったら、満足するかもしれませんし、……しないかもしれません」

「なるほど。それは今の君の、正直な気持ちってことだね。満足するかもしれないし、しないかもしれない。確かにそうだ。行ってみないことにはわからないのは当然だ」

所長は眉間にシワを寄せて、難しい顔をする。左手首の時計を見てから「よし」とちょっと強めの調子で言った。

「今日はよく来たね」

「え？」

「文化祭の代休なのに、勉強なんてえらい。遊びたいだろうに、代休を利用して、おじさんの職場見学に来るなんて」

「お……じさん？」

「そうだよ。僕は君の親戚のおじさん」

「はあ……」

突然態度が変化して、私は戸惑うしかなかった。

「社会の授業で使うんだろう？　可愛い姪の頼みとあれば、仕方がないな。保護者がいれば、子どもも美容室の利用は可能だから、今日は特別だよ」

「所長！」

お姉さんの声が廊下に反響する。思わず出てしまった言葉だったのか、お姉さんは、あっ、と口に手を当てていた。

でも所長は、特に気にした様子もなく、右手を出してお姉さんを制するように、はいはい、と軽く返事をする。

「知ってもらうことは、悪いことじゃない。この子も言っている通り、どう思うかはわからない。だけど知らずに判断するより、ずっと良いことだと僕は思うけどね」

「ですが……」

それでもなお、不安そうにするお姉さんに、所長は笑顔で応じた。

「大丈夫。責任者は僕だ」

料金を支払ってから美容室へ行く途中、所長はいくつかの決まりごとを教えてくれた。

えー、そんなこと？　と思うこともあったし、それもダメなんだ、と思うこともあった。話が終わったころ、所長が足を止めた。

「ここだよ」

美容室は、刑務所とは別の建物だった。塀の中ではあるけど独立していて、小さい家のような造りだった。特別オシャレではなかったけど、ここが刑務所の敷地内にあるようには思えなかった。

「あおぞら美容室」

真っ白な壁にかけられている看板には、そう書いてある。

「素敵な美容室だろう？」

「まだ、中を見ていません」

正直に言いすぎたかなと思ったけど、所長は笑っていた。

「それはそうだ。僕が焦りすぎた。じゃあ中を見てもらおうか。どうぞ」

まるで私をエスコートするように、ドアを開けてくれる。

姪にそんなことしたらバレバレじゃない？　と思っていると、所長は「姪でもあり、お客さんでもあるからね」と目を細めた。

「いらっしゃいませー」

お店の中から、明るい声がする。カウンターの中から、制服姿の中年の女性が出てきた。所長より若い？　よくわからない。だいたい四十歳くらいを過ぎると、みんな同じくらいに見える。それをお母さんに言うと、全然違うでしょ！　と怒られる。でも中学生からすれば、四十歳も五十歳もあんまり違わない。学校の先生なんかも、二十代の先生は別として、あとはほとんど、おじさんやおばさんでしかない。

受付にいた人はおばさんだけど、嫌な感じはしない。ニコニコしていて、優しそうな人だった。

「所長ってば、今日はずいぶん、若い恋人連れているんですね」

「バカ言わないでくれ。僕がいつ、恋人を連れてきたんだ？　妻だって連れてきたことがないのに」

「あらじゃあ、こちらはどなた？」

「姪」

「所長にこんな小さな姪御さん、いらっしゃいましたっけ？　確か前に就職祝いがどうのって話を……」

所長が視線をそらして、ちょっと居心地の悪そうな顔をしていた。

そんな所長を見てから、女性は突然「ああ！　ハイハイ。わかりました。所長の姪御さんですね。姪御さんなんですから、所長がちゃんと責任をもってくださいね」と言った。やたらと念を押すのは、どう考えても私が本当の姪じゃないことをわかっているからなんだろう。絶対に立場は所長の方が上のはずなのに、このおばさんは所長よりも強い感じがした。

「わかってます。もう、菅生さんには敵わないな」

「もうすぐ前のお客さんが終わるから、準備ができたらご案内しますね。ちょっとイスに掛けて待っていてもらえますか？」

「あ、はい」

そう言うと女性は衝立の奥へ行き、私はイスに座る。奥の方からドライヤーの音がするから、そんなに待たずにすみそうだ。

良かった。これなら帰りが遅くならない。

ぼんやりとお店の中を見ながら、私はそっと横を見上げた。隣に所長がいる。

この人いつまでいるんだろう？　と思うけど、そんなことは言えない。

見られていることに気づいたのか、所長と目が合った。

「僕は姪の付き添いだから、終わるまでいるよ」

「……お仕事は？」

「これも仕事」

「それって、ここが危ないから、ですか？」

意味が伝わらなかったのか、所長は、ん？　と聞き返すように首をかしげた。

「だってここは……」

「ああ、そういう意味。危なかったら、姪を案内しないよ」

でも本当は他人ですよね。

喉元までそう言葉が出かかったとき、騒々しいともいえるくらいの笑い声が近づいてきた。

「いやだねえ、もう。そんなんじゃないよ」

衝立の向こうから出てきたのは、おばあさんといえるくらいの年齢の人。カウンターにいた制服の女性と一緒に笑っていた。

「でもデートでしょう？　今日の相手は息子さんでもないんだし」

「相手はおじいさんよ。ただ買い物に付き合ってって頼まれただけ。やもめ暮らしにまだ慣れていないらしくて」

「それでも頼ってもらえるってのは、良いことですよ。せっかくですから、楽しんで来てください」

「まあね……あら今日はまた、ずいぶん若いお客さんだこと。所長さんの隠し子？」

「恋人だの隠し子だの、散々な言われようだな。僕はいったい、どんな風に見られているんだろうね」

おばあさんと、制服姿の女性が顔を見合わせる。口を開いたのはおばあさんの方だった。

「胡散臭い」

制服の女性は「ダメですよ、そんな風に言っちゃー」と笑っているけど、否定はしていない。

上司にそんな態度で大丈夫なのかと思うけど、所長の方も、腹を立てている様子はなかった。

何が楽しいのかわからないけど、女性とおばあさんはケタケタ笑っている。

「君はどう思う？」

私に言っている？　と思ったけど、所長の顔は衝立の方を向いていた。

衝立の向こうから、女性が出てきた。エプロンをしていて、シャツの袖を少しまくっている。まだおばあさんには見えない感じ。高い位置で髪をお団子にして、マスクをしている。

「私には何とも……」

「僕に妻の他に恋人や隠し子がいると思うか？」

美容師さんは、ふふ、と小声で笑いながら、だけど答えなかった。

所長が不満そうに鼻息を荒くした。

「ひどいな。みんなで寄ってたかって。誰か一人くらい、否定してくれないのか?」

「別に、所長さんの所業を暴こうってんじゃないから、大丈夫よ。それにしても、本当に若いお客さんだね。お母さんと一緒に来た小さな子は見たことあったけど、中学生? お姉ちゃんくらいの子どもは、ここじゃあ初めてよ」

「いろんな人の髪を切るのは、彼女にとっても必要だろう?」

「あら、ババだけだと不満らしいね」

どちらも好きなことを言い合っているけど、言葉の棘《とげ》は鉄じゃなくて柔らかいスポンジでできているのかと思うくらい優しい。

ただ私だけは、その中で暗い顔をしていたと思う。

所長が「いろんな人の髪を切るのは」と言ったときに見ていたのは、エプロン姿の女性だったから。

見たときから、きっとこの人が美容師だろうと思っていた。けど、もしかしてお店の奥に、別の人がいるんじゃないかって考えもあった。だからやっぱりそうなんだとわかったら、驚いたというか、ショックだった。

だってその人は、刑務所に入るような感じには見えなかったから。今も、会話の中心にはいないけど、みんなと一緒に笑っている。道を歩いていてすれ違っても、犯罪者とは絶対にわからない。

「こちらへどうぞ」

賑やかな会話をよそに、美容師さんは静かな声で私をうながす。所長の方を見ると、いってらっしゃい、と手を振っていた。

緊張と怖さが九十パーセント以上だったけど、残りの数パーセントの好奇心が私の足を動かす。

鏡の前のイスに座ると、美容師さんが「いらっしゃいませ」と言った。

「ゴムを外してもいいですか？」

「あ、はい」

校則で肩より長い髪は、結ぶことになっている。それがクセになったのか、起きている時間はいつも、左右二つに分けて縛っていた。

美容師さんが髪にブラシを入れる。肩から十センチくらいの髪は、もう四か月くらいは切っていない。

「今日は、どんな髪型にされますか？」

これは事前に、心春や優愛と相談しておいた。

髪を切ったことが親にバレたら面倒だ。ただ私は、いつも結んでいるから、少しくらい切っても気づかれないだろう。髪を切ったことを知っている人が見れば、毛先の断面でわかるし、お金を払ったときにレシートをもらっているから、二人にはそれを見せれば信じてもらえる。

「毛先をそろえる感じでお願いします」

「前髪は作りますか?」

「あっ……どうしよう……」

そこまで考えてこなかった。でも切ってしまったら、美容室へ行ったことがバレる。

「えっと、今のままで」

「それだとほとんど変わらないですけど、大丈夫ですか?」

もともと髪を切ることが目的じゃない。でもそんなことは言えない。どうしてここへ来たのかなんてことは言いたくない。

私は丸顔なことがコンプレックスだ。だから今は前髪も一緒に縛って、おでこを全開にしている。ただそれが似合っていない。

切ったら少しはマシになるかかな。

そう思うけど、お母さんにバレる方が怖い。

どうしよう……キョロキョロすると、鏡越しに所長と目が合った。

衝立があるから入り口からは見えないけど、カウンターの中に入ると、今私が座っているところまで見渡せる。制服の女性と並んで立っていた。

でも所長はニコニコしているだけで、何も言ってくれない。美容室の中へ入ってきたときのようには助けてくれなかった。

切りたい、という気持ちと、どうしよう、という迷いのなか、内緒の方が勝った。

「……やっぱり、そのままで」

「かしこまりました。じゃあ、毛先の調整ということですね」

「お願いします」

うしろめたい。

もしかしたらこの人は、私が興味本位でここへ来たことに、気づいているんじゃないかと思う。

「傷んでいる毛先を切るだけでも綺麗に見えますし、今の髪型も似合っていたから、それも良いと思いますよ」

「……そうですか？」

「ええ。眉の形が良いので、バランスも取れていると思いますし。それにおでこ。出しておいた方がニキビもできにくいですからね」

それは優愛が言っていた。優愛は顔全体にニキビができていて、特におでこがひどい。できるだけ見せたくなくて前髪を垂らしているけど、皮膚科へ行くと、やめた方が良いと言われているらしい。

私も頬に二個、おでこに三個、赤いぽちっとしたニキビができている。毎朝鏡を見るたびに、憂鬱《ゆううつ》な気分になる。小さなころは洗顔なんて適当でもツルツルの肌だったのに、どんなに手入れをしても、今はニキビができてしまう。お母さんは気にすることないよって言うけど、気になるものは気になるし隠したい。けど、隠さない方が良いってことも知っている。

それでは始めますね、と言われて首にタオルを巻かれる。クロスを付けてもらう。シュシュッと霧吹きで、髪の全体を濡らす。水にぬれて重くなった髪は、ぺったりとしている。なんか変。いつもの私じゃないみたいだ。

美容師さんがハサミを持った。蛍光灯の明かりがハサミに反射してキラッと光る。突然、心春の言葉が頭の中に浮かんだ。

でも犯罪者でしょ。しかも美容室ってことは、カッターとかハサミとか使うんだよね？　となると、いきなり――。

美容師さんが「あの……」と声をかけてきて、私の顔を覗き込んだ。

身体が跳ねた。落ち着かなきゃ。そう思いながら、美容師さんに視線を合わせる。

「えっと……」

「雑誌、読みますか？　退屈でしょう？　調整だけですから、そんなに時間はかからないと思いますけど」

「え？」

「中学生向けの本じゃなくて、もう少し大人向けの雑誌しかないですけど」

私の不自然な態度に気づかなかったわけはないと思う。でも、最初に顔を合わせたときと、少しも様子が変わらなかった。

「雑誌なんてあるんですか？」

美容師さんは当たり前のことのように言った。

「ありますよ。だいたいどこの美容室でも、雑誌はあると思いますけど」

「でもここって……」

刑務所だ。普通の場所ではない。

そんなことは、最後まで言わなくても伝わってしまう。だけど美容師さんは、怒ることも、戸惑うこともなく、淡々と話を続けた。

「お客様を迎えるという意味では、ここも普通の美容室と同じですから」

ああ、そうか。

間近で見た美容師さんはすっぴんだった。そんな美容師はこれまで一度も見たことがなかった。髪の毛の色だってもっと明るくて、マスクをしている人なんていなかった。

やっぱりここは刑務所で、やっぱりこの人は受刑者なんだって思った。

でもこの人は最初から、美容師として私に接していた。

そう思うと、ハサミはただの道具で、美容師さんは私の髪を切ってくれる人なのだと、素直に思えた。

「雑誌はいいです」

「かしこまりました。それでは、始めさせてもらいますね」

それからはハサミを持った美容師さんも、ジャキジャキと耳元で聞こえる刃のこすれる音も、いつも通う美容室と違うようには感じなかった。

「美容師さんみたいなお団子にするには、どのくらいの期間伸ばせばいいですか？」

「元の長さにもよると思うけど、三年くらいはかかるかもしれませんね」

「三年……。高校生にならないと無理かあ」

「お団子だけなら、今の長さでもできますよ」

「んー……でも、高い位置でボリュームのあるお団子にしてみたいかも。美容師さんはそういうヘアスタイルにするために、髪を伸ばしているんですか？　それともここにいる間は切っちゃいけないとか？」

「そういうわけじゃないですよ」

「じゃあ、どうしてそんなに伸ばしているんですか？」

「個人的なことは聞かないで」

私のすぐ後ろに所長がいて、シッと、唇に人差し指を立てていた。

ここが刑務所の中で、美容師さんが受刑者だということを、少しの間忘れていた。

「あ……あの、ごめんなさい」

「謝らなくていい。ダメなときはこっちが言うから」

所長は怒ってはいなかった。ただ、明確な線引きをされた気がした。

ここは誰でも来られる美容室で、外の世界と変わらないように見えるけど、そうでない部分もあるということは忘れてはいけない、と言われているみたいだった。

スマホは使っちゃいけない。写真を撮ってはいけない。プライベートなことを聞いてはいけない。だから普段の美容室のように自由ではない。

でも雑誌はあるし、常連っぽいお客さんもいるし、明るい係の人もいる。ちょっと変わった「おじさん」もいる。

気になるほど不自由かと言われれば、そうでもない。

少なくとも、ここへ来る前に抱いていた怖さは、もう感じていなかった。


美容室で見送られて外に出ると、所長はすぐに訊ねてきた。

「それで、どうだった？　社会科見学は」

聞かれると思っていた。でも聞いてほしくなかった。私は大人が求めている答えを言う自信はなかったから。

でも約束だから、正直に答えた。

「あった……ような、なかったような」

「それが君の気持ちか。まあそうだろうね。一度髪を切ったくらいで、わかったと思う方がおかしい」

「え？」

「そんなものだよ。君自身が言っていたじゃないか。わかるかもしれないし、わからないかもしれない、と。きっとそれが答えだ。物事にはいろんな側面があるからね。状況によって、見え方が変わってくることもある。ということがわかったんだろう？」

「――はい」

「ここにいる人たちもそうだ。悪いことをしたからここにいる。それは間違っていない。でもだからといって、ここにいる人たちがすべての人に対して悪い人かどうかは、僕には言えない。良いと思う人もきっといる。だからそれは君が判断することだ。君自身が判断して、行動していけば、それで良いんだ」

結局のところ、何が正しいのかはわからずじまいだった気がする。

大人の勝手な言い分を聞いただけのような感じもする。

でも、私自身で考えていくってことだけはわかった。

所長は門の前まで見送りに出てくれた。

「ちゃんと帰れる？」

「大丈夫です。ありがとうございました」

「どういたしまして。またおいで、と言いたいところだが、一人でこの美容室に来るのは、もう少し大きくなってからにしなさい。それ以外では、ここは来る場所じゃないよ。少なくとも、良い場所ではないからね」

「……はい」

雑貨屋でのことを言われているような気がした。もしかしたらこの人は、過去を見渡せる能力とか、人の考えが読めたりするのだろうか。

そんなわけはないと思いつつ、確かめたくなった私は、所長に「おじさん」と呼びかけた。

「ん？」

所長は少し嬉しそうに口元をゆるめた。

「どうした？」

「私、おじさんがいないんです」

「え？」

「お父さんもお母さんも、一人っ子同士で結婚したので、親戚のおじさんっていないんです」

驚いたように目を大きくした所長は「それは気づかなかった」と笑った。

六章　小松原《こまつばら》 奈津《なつ》

幼いころから、ハサミの音が身近にあった。モコモコに泡立つシャンプーも、ドライヤーの熱風も、新しい色に出会うカラー剤も、くるくるふわふわのパーマ液もあるのが当たり前で、どれもわたしの日常生活の一部だった。

母の手から繰り出される魔法は人の姿も表情も変えて、ありがとう、という言葉は料金以上の価値を持っていると、ずっと思っていた。わたしもいつか、その言葉が欲しいと願っていた。

お客様の頭の後ろで鏡を広げる。一瞬一瞬が真剣勝負だけど、このときが一番緊張する。

「後ろはこのような感じにいたしました」

このお客様は、しばらく伸ばしていた髪を、今日はバッサリと切った。どんな反応をするか気になる。

向かいにある大きな鏡に映る、自分の後姿を凝視した女性の口元が、満足そうにほころんだ。

「あら、良いじゃない。そうそう、こんな風にして欲しかったの。良かったわ。やっぱり、なっちゃんにお願いして」

「ありがとうございます」

たぶん、女性のこの言葉は、嘘ではないだろう。人の言葉は、表情よりも嘘がつきやすい。でも長い付き合いの人のそれは、すぐに気づいてしまう。

美容師の仕事について十三年。お客様の言葉の裏にあるものも、ある程度わかるようになった、つもりだ。

このお客さんは、わたしが店に立つ前からの常連さんで、嫌だと思ったときはかなりはっきりと表情に現れる。わたしがまだ半人前にすらなる前から、この店に通ってきてくれている。年齢はすでに五十を超えているけれど、同性から見て憧れる女性だ。

レジへ行き、カバンとコートを渡す。柔らかなカシミヤのロングコート。キャメル色は、色黒のこの人の肌によく似合っていた。

女性は長財布から札を出す。指先は綺麗にネイルがされている。派手さはないけれど、ムラのない光沢は、素人の作業でないことがわかる。

おつりを渡すと、女性はわたしに少し顔を近づけて、ささやくように言った。

「ね、お母さまは、やっぱり引退しちゃうの？」

この女性の口から母のことを訊ねられると、まるで連想ゲームのように、わたしの頭の中に一人の顔が浮かびかける。

でも仕事中は忘れたい。忘れようと、軽く頭を振ってその思考を外に追い出した。

「今すぐではありませんけど、少しずつ仕事から離れているので、そのうちには……」

「そう、残念ね。あ、なっちゃんが嫌ってことじゃないからね」

「わかっています。わたし自身が、もう少し母と一緒に、仕事をしたいと思っているので、説得できるならしたいくらいですけど」

「そうよねえ。お母さまのファンは多いから、お客さんも喜ぶだろうし」

「ええ……本当にありがたいことです」

「まさか、お身体の具合が悪いってことはないわよね？」

「それは大丈夫です。わたしより元気なくらいですよ。今日だってお友達と一緒に、観劇するんだって、出かけているんですから」

「それなら良かった。そこまで元気になられたのなら」

母の身を案じてくれるのは、この女性は、あの事件のことを知っているからだ。

ハサミの音。シャンプーのにおい。ドライヤーの風。お客様の笑顔。

頭の中をこれらで埋めようとしても無理だ。やっぱり、忘れることなどできない。

事件は全国ネットで報道されたわけではない。顔写真が公表されたわけでもない。それでも実名報道されたことで、わたしたち家族も驚くくらい一瞬で事件のことが広まった。

しかも、わたしたちでさえ知らない情報を、わざわざ伝えてくる人もいた。

その情報がすべて本当だったわけではないけれど、嘘ばかりだったわけでもなく、だからこそ振り回された。台風の中に投げ出されたような時間は、ただただじっと息をひそめて、耐えなければならなかった。

あのときここの店は、連日閑古鳥《かんこどり》が鳴いていた。四名いた美容師のうち二名は辞めてもらった。残りの二名――わたしと母は、店の掃除をしつつ、ぼんやり窓の外を眺める毎日を過ごしていた。父は病気でとうに亡くなっていたから、自宅でも店でも、会話のない時間を過ごしていた。毎日不安だった。いくら自前の店舗とはいえ、あの状態が続けば店を閉めなければならなかっただろう。わたしはスタイリストとして、ようやく自分のお客さんがつき始めて、楽しかった時期だった。

しかも仕事だけではなく、大切なものをいくつも失った。

今はまた美容師も四名に戻り、予約も連日、切れることなく入っている。だけど、閑散としていたときにも通い続けてくれていたこの女性には、言葉だけでは感謝を表せない。

女性は足元を見るように下を向いた。

「ねえ……会っている?」

何か月か前にも、同じことを聞かれた。この人に悪意はない。

それでもこの質問に答えるときは、いつも後ろめたい。

短く「いえ」とだけ答えると、女性も「そう」と言って、その話題にはそれ以上触れてこなかった。

会話の中に一度も、名前は出てこない。でも名前を出さないからこそ、それが誰を指しているのか、明確に示している。

一日たりとも忘れたことはなかった。忘れようとしても、ふとした場面で、思い出してしまう。

殺人未遂犯として捕まった妹のことを。

一人暮らしを始めたのは約一年前。ようやく店にも客が戻り、経営が安定したことが一番の理由だった。

三十二歳にして遅い独り立ちだと母は笑ったけれど、その笑みの奥には、ホッとした気持ちが透けて見えた。本来なら五年前に、家を出ているはずだったからだ。

一人暮らしを始めることを、小・中学校が一緒で近所に住む翔太《しょうた》に告げると、突然交際を申し込まれた。もちろん妹の事件のことは知られている。腫物を触るように接する人たちの中で、翔太だけはずっと変わらなかったから、少なからず好意は抱いていた。ただあの事件以降、わたしはこの先、一生一人で過ごしていくだろうと思っていたから、告白には心底驚いた。

お互い、他の人との交際経験はあったけど、翔太いわく、わたしのことはずっと気にしていて、高校、大学と、チャンスをうかがっているうちにタイミングを逃していたらしい。結果的にわたしの引っ越しがきっかけになったらしいけど、それがなかったら、タイミングを見つけられたか自信がない、と付き合うようになってから聞かされた。

もっとも、引っ越しという言葉に翔太が早とちりしたからだとわたしは思っている。引っ越しといっても、勤務先はもともと住んでいた自宅と同じ場所。電車に乗って通勤する気にはならず、探していたのは自宅から徒歩圏内。小学校が同じだった翔太の自宅からも、結局近いことに違いはない。

翔太は生まれてから今まで、ずっと自宅に住んでいる。少し年の離れた弟は、地方の大学院へ行っていて家を出ている。だから今は、翔太と両親の三人暮らしだ。何度か家を出ようとしていたようだが、通勤の便利さから抜け出せないらしい。

会うのは、もっぱらわたしのアパートだ。仕事帰りに寄るのは週に二回。週末はほぼ泊っていくから、いつの間にかアパートには翔太の物が増えた。

「もう少し風呂が大きいと良いよなあ。単身用のアパートって、みんな似たり寄ったりだけど」

「大きなお風呂に入りたいのなら、家に帰ればいいのに。わたしは明日も仕事だし、どうせ日中はいないよ？」

「僕が、夜くらい一緒にいたいんだよ」

翔太はちょっとすねたように唇を尖らせて、わたしの肩に手を回してくる。テーブルの上の汚れたお皿は気になったけれど、そのまま彼の肩にもたれかかった。

翔太は愛情表現が得意な人ではない。ちょっと不器用なところがある。

背が高いわけでもなく、目を引くようなイケメンでもない。卒業した大学も、勤めている会社も、まあまあほどほどという感じで、これまでの人生で女性の注目を浴びることはなかった、と本人が言っていた。

でも優しい。優しくて、強い人だ。

もっとも、小学校のころの優しさはわかりづらかった。虫を取ってきてはわたしに投げつけ、新しい洋服を学校へ着ていけば、似合わねえ、と言って。ただ振り返ってみると、それはわたしにだけ向けられていた悪行だったから、男の子特有の優しさだと、今ならわかる。

男の子は大人になって、友人から恋人になると、翔太の優しさはわかりやすくなった。

本来、こういう人だったのだと思うけど、本当にわたしで良いのか不安になる。

翔太の仕事は土日が休みだ。基本的に週末の休みが取れないわたしとは、過ごす時間が少ない。だからこうして来てくれるのはありがたいけれど、一方で気になっていることもある。

高校生の付き合いではない。たまに泊まっていくくらいで、親が目くじらを立てる年齢ではないけれど、毎週末の泊りが一年近く続くとなれば、不安が芽生える。

「大丈夫なの？」

「何が？」

「翔太のご両親。……わたしのところに泊まっていること、知っているんだよね？」

「もちろん言ってあるよ。近くにいるから、何かあったら連絡してくれって。別に何があるわけでもないけど」

「そうじゃなくて、その……嫌がらないの？　相手がわたしで」

「奈津のことは、子どものころから知っているし、まあ、その……僕が片思いをこじらせていたのも、バレていたみたいだし」

なぜそこで、三十過ぎの男が照れるのかと思うけど、翔太は頬を赤くして、視線をさまよわせた。

見ている方が照れ臭い。でも、もう誰かに好きだと言ってもらうことは無理だと思っていたから、今の時間を味わえるだけで幸せだ。

「でさ、結婚しよ？」

「は？」

「付き合って一年過ぎたし、年齢を考えたら、早いってこともないでしょ。そもそも付き合う前から、十分知っている間柄だったし」

あまりにも軽い調子で言われて、一瞬、頭の中が真っ白になった。ただ深呼吸を三回して、翔太の言葉をかみ砕いてみれば、言っていることはもっともだと思う。

が、それは『わたし以外の相手』なら。わたしはそこから外れている。外れているとわかっているのに、それを真に受けることはできなかった。

「殺人犯の身内になるつもり？」

わたしの言葉を予想していたのか、翔太は素早く「殺人未遂」と、訂正した。

「未遂とかどうかなんて関係ない。似たようなものよ」

「被害者っていうのも嫌だけど、相手も重傷を負ったとはいえ、今はピンピンしている」

「それは結果論でしょ？　運が良かっただけじゃない。状況によっては、命を落としても不思議じゃなかったんだから。それに、妹が犯罪者ってことは一生消えないんだよ？」

「葉留ちゃんがしてしまったことは事実だけど、それを奈津が一生背負っていかなくてもいいよ」

「そう言ってくれるのは一部の人だけよ。今だって、何もないわけじゃない。表立って言われなくなっただけで、葉留が出所してきたら、どうなるかなんてわからないんだから。そんなこと、翔太にまで背負わせるわけにはいかないでしょ」

「どうして？」

「どうしてって……だって、家族でもないのに、迷惑かけられないじゃない」

「だから、家族になろうって言ってんの」

「バカじゃないの？　迷惑を被るってわかっているのに、どうしてそんなこと言えるの？」

わたしに穴が開くんじゃないかと思うくらい、翔太がじいっと見る。三十三歳なのに、どこからどう見ても大人なのに、少し上を向いている鼻は、今でも小学生のころの面影を残していた。

だから知っている。こんな顔をするときは、きっとバカなことを言うことを。

「僕、奈津に告白するときには、結婚のことも含めて考えたよ」

「嘘！」

「ホントだって。僕だってそれくらい考えてから、告白したよ。だから結婚しよ」

「そんなこと、翔太の両親が許すわけないよ」

翔太の父親は会社員、母親はパートで近所の病院の受付をしている。絵にかいたような一般的な家庭で育った人だ。そんな人たちと、自分が家族になれるとは到底思えない。

「義理の妹になる人が、刑務所に入っているなんて言ったら、反対されるに決まっているじゃない」

「まあ……まったくしなかったと言えば嘘になるね」

「まさか……」

「もう話してある。付き合うことになったとき、すぐに報告した。そのとき、僕は将来的に結婚するつもりだということも話しておいた」

「そんなに前から？」

「そのくらいの覚悟がなければ、告白なんてしなかったよ。先走ったことは悪いと思うけど、僕らの間で結婚の意思が固まったあとに、やっぱり親の反対でダメになるなんてことにはしたくなかったんだ」

わたしのため？

聞かなくてもそうに決まっている。プロポーズのあとに反対されたら、わたしがどれだけ傷つくか、翔太は知っている。

「でも、結婚と交際は別でしょ?」

「確かに同じではないね。家族になるんだから」

「じゃあやっぱり!」

「うん、だから時間をかけて説得した。そして親が認めてくれたから、僕は奈津にプロポーズした。それに僕の両親も弟も、奈津のことはもちろん、葉留ちゃんのことも、知っている。事件を起こしたことに良い感情は持てなくても、彼女が追い詰められたうえでの犯行ということも、そのことで奈津が大変な思いをしたことも、理解しているから」

「でもきっと、みんなに迷惑かけてしまうことだってあるかもしれない」

「確かに、あるかもしれない。でも、ないかもしれない。この先何が起こるかなんてことは、誰にもわからないんだ。それこそ僕の両親や弟が、奈津に迷惑をかけてしまうことだってあるかもしれない」

「そんなことない!」

「どうしてそう言える? 誰だって、絶対の未来なんてわからないよ。わかるというのなら、奈津は葉留ちゃんが事件を起こすこと、事前にわかっていた? わからないでしょ。

僕だって、弟が普段何をしているか知らないし、仲が良さそうに見える両親だって、僕が知らないところで、何かしているかもしれない。結局のところ、いくら考えてもわからないことばかりなんだ。だからこそ僕は、あやふやな未来を心配して、奈津といることを諦めたくはない」

「でも、でも……普通は嫌でしょ」

「一般論でいえば、嫌がる人がいるのは知っているけど、僕は違うよ」

「バ……バッカじゃないの？」

「うん、バカだよ。だから僕は、他の人と付き合っても、奈津のことを諦められなかったんだと思う」

やっぱり照れているのか、翔太は顔を赤くしている。

確かに葉留の事件がなければ、今こうして、プロポーズをされることはなかったと思う。でも事件が起きて良かったとは思えない。今でも時間を巻き戻せるなら、戻して欲しいと思っていた。

突然だけど月曜日に会えないかと、美容師仲間の加川実沙から連絡をもらったのは、日曜日の夕方だった。

月曜日はわたしの店の定休日だ。これといって予定もなく、断る理由はなかった。わたしより二つ年下の実沙は、美容師仲間で集まる飲み会や、講習会ではよく顔を合わせている。もう、七、八年の付き合いだ。

聞きたいこともあったわたしは、二つ返事でその誘いを受けた。

待ち合わせのカフェは、オフィスの昼食時間より少し早めだったせいか、まだ席も空いていて、先に来ていた実沙を見つけることは容易だった。

「久しぶり。待たせてごめんね」

「ううん、こちらこそ、突然呼び出してごめんなさい。予定、大丈夫だった？」

「全然平気。なんにもなかったから、誘われなければ、たぶん今もベッドの中だったと思うよ」

それなら良かった、と言った実沙は、最後に会ったときよりも、少し痩せたように見えた。東京で美容師をしていた実沙は、一年くらい前に地元へ帰った。

以前は髪の色ももっと茶色だったけど、今はかなり黒くなっている。メイクも落ち着いた。ただそれが違和感ではなく、本来の実沙の魅力を引き立てているようにも感じた。

水を運んできたウェイターに、コーヒーを注文する。酸味も苦みも、取り立てて特徴のないコーヒーがすぐに運ばれてきた。

「今回はどうして上京したの？」

「昨日、友達の結婚式に呼ばれたから」

結婚、という単語にドキッとする。

プロポーズをされてからまだ二日しか経っていない。

返事は考えておいて、と言って、翔太はその日、自宅へ帰った。

わたしなんかが悩める立場じゃないのに「たくさん考えていいよ」と言ってくれた。

やっぱりバカだ。優しすぎる。

「せっかく東京へ来るのならゆっくり見たかったから、有休とったの。今日は一日都内をプラプラ。田舎にいると、ファストファッションでいいやーってなっちゃうし、たまには目の保養にね。夕方の新幹線で帰るつもり」

「そうなんだ。よく、日曜日にお休み取れたね。今度のお店はシフト制？　最近、そういうお店も増えているものね」

「ああ……うん。まあ、月曜定休じゃない店は増えたよね」

実沙がストローに口をつける。ズズっと音をさせて、グラスの底のアイスコーヒーを飲んだ。ガムシロップが残っていたのか、うぇっ、と顔をしかめる。

「そういえば実沙さ、この前連絡してきたことだけど、その後どうなったの？」

「え？」

「ホラ、何か月か前に、ウィッグを作りたいってお客さんがいるから、都内でどこか良い場所知らないかって、連絡してきたでしょ。言えないことなら、無理に聞かないけど」

「あ……うん。いや、どうなんだろう。言えないっていうより、その後連絡とっていないから、詳しいことがわからなくて」

「そうなんだ。まあ、東京でウィッグを作ったら、わざわざ実沙がいるお店に連絡……あれ？　そのお客さん。東京に住んでいる人なんだよね？　どうして実沙のところで髪を切ったの？」

休暇か何かで、旅先で思い立ったということなのだろうか。そういうお客さんがいないわけではない。もしくは実沙の知り合いで、会うことを目的に美容室を訪れたか。

ただそれにしては、突然ウィッグを作ることになったようだし、いろいろと話がおかしい。

実沙は重そうに口を開いた。

「実はいま、美容学校で講師をしているんだよね」

「でもお客さんって？　学校は非常勤で、副業で美容室にいるとか？」

「ううん、そうじゃない。仕事は学校だけ。だから土日が休みなの。有休をとったのは、今日の話」

「ああ……そうなんだ」

なんだろう？　奥歯に物が挟まったような実沙の話し方が気になる。

十一時半を過ぎ、徐々に店内も席が埋まってきている。

ひとまずランチでも注文しようか、そんなことを考えながらメニューに手を伸ばした。

「もしかしてまた、こっちの美容室に勤めたいの？　心当たりを聞いてみようか？」

「ううん、想像していたよりずっと大変だけど、しばらくは今のところで頑張るつもり。そうじゃなくて……あのね。たぶん、こういったことは、言って良いことと悪いことがあるから、話せることだけ言うね」

実沙が姿勢を正す。わたしはテーブルの上にメニューを置いた。

「今、刑務所の中の美容学校で働いているの。美容師を目指している受刑者たちを教えるために」

「――え？」

「しばらく、講師をする人がいなかったから、今いる学生は一年生だけで、まだまだこれからって感じなんだけど。それとは別に、刑務所の敷地内に美容室もあるの。もともと美容師をしていた人とか、中で美容師免許を取得した人とかが、技術を磨くために。一応お店だから、お金もらっている。かなり安いけど」

うん、と打とうとした相づちは声にはならず、かすれた息だけが口から洩《も》れた。

満席になった店は、話し声であふれている。だけど耳をすり抜ける日本語は、ＢＧＭにしか聞こえない。

「そこにある美容室は一般の人でも利用できる。基本的に男性はダメだけど、女性なら誰でも。今は美容師が一人しかいないから、一日に受け入れられるお客さんも少ないけど、平日はだいたい毎日開けているかな」

頭の中で、実沙の口から出た単語が回っている。

実沙は決定的なことは何も言わない。だけど、語らない言葉の奥にあることを想像することは、そう難しくはない。

ハサミの音。シャンプーのにおい。ドライヤーの風。お客様の笑顔。

そうやって、好きなものを頭の中に浮かべて忘れようとしても、忘れることのできない妹。普段は押し込めている、自分の中にある黒い感情が出てきそうになる。

鎮まれ、鎮まれ。

わたしは大きく深呼吸をしてから、実沙に訊ねた。

「その美容師って、受刑者なの?」

「もちろん。技術はまだこれからって部分もあるけど、頑張っている。常連さんも来てくれるし、ウィッグの提案をしたのも彼女だよ」

それは実沙が、言っていいこと、の範囲なのかわからない。ただ、ウィッグの質問を、わたしにしてきたということは、その時点でもう、実沙はわたしとその受刑者の関係に気づいていたのだろう。

事件当時、実沙はすでにわたしと知り合いだったのだから、妹の話も知っていたはずだ。

休みの日はたいてい昼過ぎまで寝ているわたしが、母の元へ顔を出すと、心底驚かれた。

「どうしたの? 予約でも入っているの?」

「違う。ちょっと話したいことがあったから」

「あら、そうなの。良いタイミング。私も話したいことがあったのよ」

何かと思って身構える。が、母は土曜日の観劇の感想を、ずっと誰かに言いたくて仕方がなかったらしい。

さく裂するマシンガントークの内容は、芝居のチケットを手に入れることがいかに大変だったかということと、お芝居のすばらしさ、役者の細かなしぐさ、舞台衣装の絢爛《けんらん》さ。母はわたしが口を挟むすきがないほどに、語っていた。

興奮状態の母を見るのは嫌ではない。葉留の事件の直後は、心配になるほど痩せてしまった。

それに比べれば、今は体重もかなり戻って顔色もいい。表情も明るくなった。イキイキとしている。

「お母さん、楽しそうだね」

「そうね。お芝居なんて、お店が忙しかったころは見たことなかったし、こんな世界があるなんて知らなかったわ。前は知り合いの人とかが、いい歳をして、若い男の子にキャーキャー熱を上げるのもどうかと思っていたんだけど、いざ自分がはまると、なんでもっと早く、この世界を知らなかったんだろうって悔しくなるのよね」

「そっか……」

ずっと働きづめだった母だ。破産しない程度に楽しんでくれれば、止めるつもりはない。

ただ、実沙の話を聞いてから、この状態がいつまで続くのか不安を感じていた。

実沙は帰り際「一般論だけど」と前置きしてから「態度の良い人は、仮釈放が認められるよ。状況によりけりだけど、一年くらい早く出所することは珍しくないかな」と言った。

そうであれば、その日はそう、遠くないかもしれない。ただ、仮釈放が認められるには、身元引受人が必要になる。

父がいない今、葉留が家族と呼べるのは、わたしか母しかいない。わたしは、葉留の裁判が終わってからは、一度も連絡をしていない。

母はウキウキした様子で、これまで購入したというご自慢のグッズを、テーブルの上に広げていた。

「ね、お母さん」

「何？」

「葉留って美容師になったの？」

母の手が止まった。身体に緊張が走る瞬間を見たような気がした。

「どうして、そのことを？」

「否定しないってことは、やっぱりそうなんだね」

観念したのか、母は、あー、と息を漏らしながらイスに腰をかけた。

テーブルの上に放置されたグッズだけがはしゃいでいるようで、それがかえって空気を冷たくしていた。

「奈津は葉留と連絡をとったの？」

受刑者との手紙や面会は許されている。表立って言わないが、母が何度か面会へ行っていることは、薄々知っていた。

「そんなことしていない」

「じゃあ翔太くん?」

「どうしてそこで、翔太の名前が出てくるの。彼は関係ないでしょ」

「でも、結婚するんでしょ?」

「なんでそのことを?」

わたしの反応を見て、母は「あらやっぱり」と、嬉しそうに笑う。

「前に翔太君が私のところへ来て、そのうち奈津に結婚を申し込むつもりだって言っていたから」

自分の親だけでなく、わたしの親にまで根回ししていたとは思わなかった。

どれだけ付き周りを固めてからのプロポーズだったのか。

ただ、付き合うと言ったときから、結婚を視野に入れていたという彼の言葉が、嘘ではなかったと信じることができた。

「翔太のことはとりあえず置いといて。それより葉留のこと。美容師になったんでしょ?」

「そうね。まさか刑務所の中で美容師になれるとは、思わなかったわ。長くこの業界にいるけど、知らないこともあるものね」

「それは、わたしも驚いたけど……そこじゃなくて！　お母さんはいいの？　葉留が美容師になっても」

「それはあの子の自由よ。経緯はどうあれ、美容師自体が悪いことではないんだから」

「そうかもしれないけど……。お母さんは、葉留が店に立っていることも知っていたの？」

「手紙に書いてあったわね」

「行ったことは？」

「あの子がいる場所はかなり遠いし、お店に出るようになってからは行ってないわ。美容学校のころは何度か会ったけど。客として行くのは嫌よ。ゴチャゴチャ言いたくなるのが目に見えているから」

わたしも美容学校を卒業して最初のうちは他店で働いた。親子だからと甘くなるのが嫌だと母は言ったけど、それは違うと思う。母は長年美容師をしているプロだ。実の娘だからこそ、厳しくなりすぎるのを避けたのではないかと……一緒に働くようになって気づいた。

その母が、ゴチャゴチャ言いたくなるというのだから、実際そうなのだろう。

「葉留が出所したら、うちの店で働くの？」

「私にはわからないわね」

他人事のような態度が気になった。

「店は、お母さんのものでしょ？」

「名義上はそうでも、実質、奈津が仕切っているでしょ」

「お母さんを待っているお客さんだって、まだいるよ？」

「それはありがたいけど……もう、めいっぱい働くのは遠慮したいわ。トシだし」

「じゃあ、このまま美容師を辞めるの？」

「そこなのよね。いろいろ考えてはいるけど。ただ名義上とはいえ、一応経営にかかわっている身としてアドバイスするなら、今の店に葉留は入れない方が良いと思うわよ」

「勤めていることがバレると、売り上げが落ちるかもしれないから？」

「そう」

美容師の顔をしているときの母はシビアだ。

「直接お客様に、刃物を向ける仕事だから、嫌がる人もいるでしょ」

「でも刑務所の中の美容室には、お客さんが来ているんだよね？」

「それは最初から、理解というか納得ずくの話でしょ。一般的に、それを納得してもらうのは、難しい話だと思うわよ。美容室はいくらでもあるし、ご近所は葉留の顔も知っているわけだし、そんな話はすぐに広まるだろうから」

冷たいようだが、母の話は納得するしかなかった。

些細な事件であっても、このご時世、あっという間に広まってしまう。

それが新聞沙汰になった葉留の場合、近所には知らない人などいない。

客でもない人が、わざわざ実家まで来て、店の写真を撮って、インターネットにあげていたのはさすがに驚いた。

「じゃあ、出所したあと、どうするつもり？」

「どうしようかしらねぇ」

本当に考えていないのか、それともとぼけているだけなのか。

それほど悩んでいるとも思えない様子で、母はテーブルの上に並べたグッズを袋にしまっている。

最後の一つを袋に入れる前に、母の手が止まった。

「ただね。あの子なりに反省していると思うのよ。お姉ちゃんに謝りたいって言っていたから」

「口で言うだけなら、誰だってできるでしょ」

「まあ、そうだけど……」

同意しつつも、何か言いたそうな口調に、わたしは身構える。

だけど、そのあとに続く言葉は、いくら待っても、母の口から出てくることはなかった。


結婚に動いた翔太が、自分の親を説得していたことは嬉しいし、とてもありがたい。だけどわたしの母にまで、わたしよりも早く相談していたことは嬉しくないし、そこまでやる？　と思ったりもする。

仕事が終わったら会いたい、と連絡すると、翔太はいつもより少し遅れて、わたしの部屋にやってきた。

翔太は緊張の面持ちでわたしと対面している。

「正座までしなくていいんだけど」

そんなに緊張する相手に、よく結婚を申し込んだな、と思う。どうしてこの人は、わたしなんかを選んだのか不思議でならない。

もっと良い相手がいくらでもいるのに。嬉しいけど、申し訳ない。ありがとうって思っているのに、ごめんなさい、が口から出てしまう。

「でも奈津、怖い顔しているから。僕、これから怒られるんじゃないかと思うと、どうしでも……」

「怒られるようなことをした自覚はあるんだ」

「悪いことはしていないけど、奈津が怒りそうなことをした自覚はあるよ」

「そっか。じゃあ単刀直入に聞くね。葉留と連絡とった？」

「うん」

予想をしていた質問だったらしく、翔太は悪びれもせずに答えた。

やっぱり。わたしに結婚を申し込むためだけに、事前に母に会う必要はない。何度も会っているし、母がこの交際に反対していないことは、翔太だって知っているから。それでも会ったのは、会う必要があったに違いない、と思ったのだ。

「面会に行ったの？」

「さすがにそこまでは。何度か、手紙のやりとりを」

「何度か？」

「三回」

「どうしてわたしに黙って、そんなことをしたの？」

「言ったら、反対されると思ったから。奈津、するでしょ？」

でしょ？ と訊《き》きながら、優しい口調なのに、絶対するよね、と断言しているようにも聞こえる。

その通りだから、反論できなくて、わたしは黙るしかなかった。

「見る？　ここへ来るのが遅くなったのは、一度家に戻って、持ってきたから」

「何を？」

「手紙」

見るも見ないも答える前に、翔太はカバンから包みを取り出した。大きな封筒の中から、二通の白い定形サイズの封筒とハガキを出す。

宛書の文字は少し右上がりだ。葉留が書いたのだと、一目でわかった。

読むのが怖い。だけど手を伸ばさずにはいられなかった。

「僕は帰ろうか？」

腰を浮かす翔太に、わたしは手を伸ばした。

「ここにいて」

消印の古いものから、便せんを取り出す。最初は約三か月前に届いた手紙だ。

お元気でしょうか？　お手紙ありがとうございます。驚きましたが、凄く嬉しかったです。

翔太さんと姉のことは、母から聞いていました。最初は驚いたけれど、どこかでこうなるのではないかという、予感もしていました。

姉が高校生のころだったと思います。もしかして翔太さんは、姉のことが好きなのでは？と思ったことがありました。そのとき姉には恋人がいたと思いますが……。

子どもだった私には、それが確かかどうかわかりませんでしたし、姉の方はまったく気づいていなかったようなので、いつしか私も、そう感じていたことすら忘れていました。

だけどお手紙をいただいて、本当に二人が付き合うようになったことを実感できて、とても喜んでいます。

この先、私のことが足かせにならなければいいと思いますが……ならないわけはありませんね。

ごめんなさい。本当に、姉にも翔太さんにも、申し訳ないことをしたと思っています。謝ってすむことではありませんが、今の私には、謝ることしかできないので、ごめんなさいと言わせてください。

どんなふうに伝えたのかはわからないけれど、翔太が送った手紙には、わたしと交際を始めたことを書いたのだろう。もっとも、翔太の気持ちを、当時中学生の葉留が気づいていたのだとすれば、かなり恥ずかしい。

「見せたくはなかったんだ……」

翔太は顔を真っ赤にしていた。

そこで翔太に照れられると、わたしの方ももっと恥ずかしい。

「次を読むね……」

二通目の手紙は、約一か月前に届いたものだった。


お手紙ありがとうございます。ここにいると、変化の少ない毎日で、手紙は何よりの楽しみです。姉の近況を知ることができるのも、とても嬉しく思っています。

変化が少ないと書きましたが、それでも私は、外の人たちと接することが多いので、新しい発見をすることもあります。

ここでの生活を、辛いと思うことはそんなにありません。ただ、ここへ来て良かったとは言いません。私のとった行動で、多くの人を傷つけてしまったことは、まぎれもない事実ですから。

その中でも、姉のことはずっと気になっています。幸せになって欲しいと思っていたのに、私の手で壊してしまったのかと思うと、今でも苦しいです。

でもその苦しさは、姉が感じた辛さとは比べ物にならないと、毎日思っています。


翔太が送った手紙の返信だ。わたしのことが書かれているのは驚かない。

ただ、頭の中に靄《もや》がかかったように、思考が働かない。

考えることに疲れてしまったわたしは、一番新しいハガキに手を伸ばした。


そうなったら良いなと、ずっと思っていました。今凄く嬉しいです。上手くいくことを祈っています。


どういう意味だろう？

ハガキには追伸も書いてあるが、それも意味がわからない。

「このハガキ。翔太の手紙に対しての返信だよね？　このハガキが来る前に送った手紙に、翔太はなんて書いたの？」

「結婚を申し込むつもりってこと。よほどすぐに返事を送りたかったのか、今回だけハガキだったんだよね。返信が早かったから、プロポーズが少し早まったよ」

ハガキの消印は先週の木曜日。プロポーズの前々日だ。

翔太は本当にわたしと結婚するために、根回しをしてくれていた。それは、前回のことがあったからに違いない。

「身内に犯罪者がいるって、大変だよね。だからわたし……婚約破棄になったんだし」

「奈津……」

五年前、わたしには結婚を約束した相手がいた。式場を決め、招待状を出すところまできていた。だけど事件が起きた。そのときの相手は、もちろん翔太ではない。

「彼を恨んでいるわけじゃないよ。悲しかったけど、そう思うのは当然だって納得しているから」

本人同士よりも、周囲の反対が大きかった。当面延期しましょう、ということになったが、婚約の破棄は判決が出るよりも先に決まった。

翔太は手紙をしまいながら言った。

「当然かどうかはわからない。奈津の前の恋人をどうこう言うつもりもないし、そういう人がいるってことまで、否定するつもりはない。でも僕はやめるつもりはない。この前も言った通り、結婚のことも考えたうえで、告白したんだから」

「でもきっと、翔太が嫌な思いをするよ？　そうなるとわたしは、また傷つくよ。好きな人を自分のせいで悲しませたいわけないじゃない。わたしね、もう、あんな思いしたくないの。わたしが、何をしたって言うの？　仕事もプライベートも、全部めちゃくちゃになって、そんな思いをまた、しなきゃならないなんてことになったら、耐えられないから！」

話していたら、勝手に涙が出てきた。

あのころ、何もかもが辛かった。わたしが落ち込んでいるタイミングを見計らったかのように、食事に誘ってくれる翔太に救われていたけど、その優しさに一生甘えるのは怖すぎる。

翔太はわたしの肩を引き寄せる。ポンポンと、子どもをあやすように肩を叩く。体温を感じると、震えていた脳の中心が、すうっと静まっていく感じがした。

「葉留ちゃんは、奈津の結婚がダメになったことを知って、ずっと自分を責めているみたいだよ。だから、僕と付き合い始めたことを知って、喜んでくれたんだと思う。まあ、僕にしても葉留ちゃんにしても、お互い子どものころから知っているから、情けない姿だって見られているし、内心もう少しマシなのと付き合えば良かったのに、って思われているかもしれないけど」

そんなことはない。葉留がそんなことを思っているはずがない。

「これは身内の……まだ僕は身内じゃないかもしれないけど、知り合いとしての目線だけど、葉留ちゃんだけを責めることじゃないよ。手段は間違っていたにせよ」

頭の中に翔太の声が響く。それが心地良くて、だんだんとぼんやりしていく。

「そう、だね」

事件の発端が相手にあったことは、裁判でも明らかにされている。でも世間は好奇心で想像し、好き勝手な言葉を投げつけてくる。

ただどんな理由があれ、妹が人を殺そうとした。これは紛れもない事実だ。

「ねえ、翔太の親を説得するのはわかるけど、どうして葉留にまで、連絡したの？」

「奈津と結婚するということは、葉留ちゃんのことも含めて、受け入れる必要があると思ったから。だってそうでしょ。そこを解決しないと、奈津は僕と結婚しないよね？」

「んー……」

そうかもしれない。

こんな気持ちで、うやむやにしたままで結婚したとしても、上手くいかない気がする。

だからといって、どうすればこの、整理できない気持ちを片づけられるのかわからない。

「そういえば、さっきのハガキ。追伸も書いてあったけど、あれはどういう意味？」

「ああ、それ。実は僕もよくわからないんだ。こっちから出した手紙には、結婚を申し込むことしか書かなかったし。手紙で聞いてみようか？」

「ん……」

手紙は嫌だ。まどろっこしい。

こんなとき、電話やインターネットが使えない環境は不便だ。

知りたいな、と思う。葉留が今、何を考えて、何をしているのか。

「あ、そうか」

どうかした？　と翔太の腕に力が入る。

ううん、と言うと、翔太は安心したように、良かったと言ったけれど、腕の力が緩むことはなかった。密着する翔太は温かい。できることなら、ずっとこの腕の中にいたい。

だからやっぱり、知らないといけないと思う。

葉留が今、何を考えて、何をしているのかを。


小さなころから、葉留の方が器用だった。

幼稚園に上がったくらいのころ、もう人形の髪を結んでいたし、小学校へ入るころには、自分の髪も自分で結っていた。

幼いころは、二人とも将来は母のような美容師になるんだと言って、ヘアカタログとにらめっこして、互いの髪を切ったこともあった。

仕事道具であるハサミを持ち出したことに、母にはこっぴどく叱られたが、妹はケロッとしていた。

もちろん、髪型はめちゃくちゃだ。右の耳は出て、左の耳は隠れている。耳を切られなかっただけ良かったと思うべきなのか、というくらい左右は見事なまでにいびつだった。そのあと、怒られながら母に直してもらったけど、一度短くなった髪を整えるには、他の髪も切るしかなく、数か月間、毎朝鏡を見るのが苦痛だった。

わたしは葉留ほどの度胸はない。母に怒られるのも、もう一度あのめちゃくちゃな髪型になるのも、もう勘弁と思ったから、それからはハサミを持ち出さなかった。

それでも葉留はその後も「髪を切ろうよ。今度はきっと上手くできるから」とわけのわからない自信をにじませていた。

わたしが高校に入り、最初の進路希望調査に美容学校と書いたとき、当時中学生だった葉留が「へえ」と言ったまま、固まっていた。

高校生活が二年目になっても、三年目になっても、わたしの変わらない進路希望に、葉留は何も言わなかった。そして葉留も成長とともに、憧れの職業が美容師ではなく薬剤師や看護師になり、活発だった姿は消えていった。

それでも、その変化は一過性のもので、相変わらず自分の髪を綺麗にセットして学校へ通っていたから、いつかは一緒に、美容師になるものだと思っていた。

それが違うとわかったのは、葉留が高校二年生のとき。希望する進学先が、美容師でも薬剤師でも看護師でもなく、ビジネス系の専門学校だと知ったときだった。

「それが、葉留のやりたいことなの？」

「凄くしたいかと言われると困るけど、将来の仕事を考えたら、自分にできるのはこれかなって。私、思ったより理系の科目が苦手だから、薬学部とか無理だし」

「だったら、美容師になればいいじゃない。葉留の学力なら、美容師になるには十分だよ」

「成績の問題だけならね。でも美容師もちょっと違うっていうか……。髪をいじるだけなら、仕事にしなくてもいいと思うんだ。土日休みの仕事に憧れているから。ホラ、私らは休日に、お母さんと一緒に過ごしたことはなかったでしょ？　たまにならそれも良いんだけど、子どものころは結構寂しかったから。いつか自分が子どもをもったとき、できたら一緒にいたいなって思うからね」

ささいなことだけど、月曜日の朝学校へ行くと「日曜日にママと一緒に買い物へ行ったの」と言って、新しいワンピースを着てきた同級生を羨ましく思ったことがあった。文化祭や体育祭も、都合をつけて顔を出してくれるけど、ずっとは学校にいられない。葉留とわたしは、お互いにその寂しさを埋めていた。

同じことをわたしも考えたことはあったから、それも嘘ではないだろう。ただ、美容師を選ばなかった本当の理由は、別にあるのではないかと思っていた。

学校を卒業した葉留は、希望通り週末が休みの会社に入ると、自宅を出てアパートを借りた。大変そうにしながらも、それなりに充実しているらしく、時折交わす連絡や、会ったときの会話から、同じ会社の人と付き合うようになったことを知った。

一年半くらいそんな時間が過ぎたあと、葉留の妊娠がわかった。

葉留ももう社会人だったし、順序は逆だったものの、それもおめでたいわね、なんて話になる。お腹が大きくなる前に結婚式をあげられないかしら、いやいや、婚姻届けを出すだけで良いよ、そんな会話を母と三人でしていたら、葉留の相手に家族があることがわかった。

お腹の中の子どもが産まれなかったのは、そうしない方が良いと思ったのか、単純に産まれる運命になかったのか。

葉留は流産し、どんどん口数が減っていった。

そして、決定的な一言が、葉留を事件へと走らせた。

――どうせ産めなかったんだから、これで良かっただろ。

男性を刺したのは、そう言われた三日後のことだった。

精神的に追い詰められたとはいえ、凶器に使用した刃物は自宅から遠い場所で購入し、相手の男性を呼び出した方法も、証拠が残らないようにしていたことから、計画性があると判断された。

それでも、刑期はもっと短くなるだろうと予想していた。だが男性は、自分が既婚者であることは会社の人間なら知っていることだし、妊娠の相手は自分ではないと主張した。結果的に、懲役七年が言い渡された。

控訴も考えたが、葉留に争う気力はなく、そのまま刑は確定された。

それ以来、わたしは一度も葉留と連絡をとっていない。

「あんな男のために自分の人生、棒に振らなくてもいいのに」

ずっとそう思ってきた。今でもそう思っている。

でもそれだけ、好きだったということだろうか。

新幹線を下りて、在来線に乗り継いでも、結論はでない。そのまま、最寄り駅に着いた。駅からの地図は実沙に送ってもらっている。美容室の予約も実沙に頼んだ。「きっとこうなると思っていた」と彼女は言った。

門をくぐり、建物の前に立つと、わたしの足はピタリと止まった。怖くなった。葉留に会って、どうすればいいのだろう。何を言えばいいのだろう。ここまで来て、わからなくなった。

いざとなるとおじけづく。昔からだ。わたしの方が、度胸があるように見られがちだが、実際は葉留の方が大胆だ。

入るのが怖い。

カバンの中の携帯電話がなる。見知らぬ番号だったが、行かない理由が欲しくて出てみた。

「奈津？　道に迷ってない？」

実沙の声だ。

「……仕事中じゃないの？」

「今日は休憩時間をずらしてもらったから、あと五分くらいは大丈夫。今どこにいるの？　そろそろ予約の時間になると思うんだけど、姿を見せないから」

「いるよ。……前に」

「え？」

電話が切れる。電話は職場からかけていたらしい。三十秒もしないうちに、制服姿の実沙が建物の中から出てきた。

　息を切らした実沙が「何やってるの？」とわたしの手を引っ張った。

「ここまで来て、何を迷っているの？」

　わたしの足は、手を引いてもらうのを待っていたかのように動き出す。

　やがて白い建物の前で実沙が止まった。

「ここだよ」

　この中に葉留がいる。わたしの足はまた、糊《のり》がついたように地面に貼りついた。

「わからないことがあったら、中にいる刑務官……菅生さんが説明してくれると思うから。時間だから、私は仕事に戻るからね」

　実沙がドアを引き、わたしの背中を強く押す。

　終わるまで出ちゃだめだからね、そう言っているかと思うくらい、激しくドアが閉められた。

　勢いに足がもつれた。つんのめるように体勢を崩しながら、店に足を踏み入れると「いらっしゃいませ」と、明るい声が頭上から降ってきた。

　顔を上げると、五十代くらいの制服を着た女性が、ニコニコとしていた。

「お待ちしておりました。お荷物お預かりしますね」

この人が菅生さんだろうか？

カバン、コート、傘、次々と荷物がわたしの手から消えていく。わたしの身体はどんどん軽くなっていった。

笑顔を崩さないものの、何かを探すように、じっとこっちを見ている。わたしと葉留が姉妹だということはわかっているのだろうか？

菅生さんは、深々と頭を下げた。

「本日は遠いところ、ようこそお越しくださいました。美容師は今、奥の方で片づけをしていますので、呼んできますね」

「はい」

菅生さんは白い歯を見せた。

「美容師には、初めてのお客様が来るとしか、伝えていませんので」

どうやら、わたしと葉留の関係を知っているらしい。

衝立の奥へ行き、「お客様ですよ」と菅生さんが呼びかける。

足音が近づいてくる。わたしの緊張も増してくる。どどどどど、と全力疾走をしたときよりも、心臓が早く打っていた。

衝立から姿を現したエプロン姿の女性がお辞儀をする。

「お待たせいたしましー――」

お団子頭の女性は、下げた頭が上がりきらないうちに、中腰の姿勢で動きを止めた。目が大きく開かれたままだった。

美容師はマスクをしている。最後に会ったときと髪型も違う。

だけどわからないはずはない。わたしたちは、お互い何も言わずに固まっていた。

「お客様をお通しして。さ、どうぞこちらのイスへお座りください」

菅生さんだけが、かいがいしく動く。

「ホラホラ。のんびりしていると、時間が無くなってしまいますよ」

わたしは半ば強引に、イスに座らせられる。菅生さんが後ろに立った。

「お客さん、タイミングが良かったわあ。最近結構混んでいるんですよ。この美容師さん。常連さんもいらっしゃるくらい人気だから」

「……そうなんですか？」

「値段に釣られて来る人も、いるとは思いますけどね」

フフフと、イタズラっぽく笑う。その顔を見て、少しだけ落ち着いた。

深呼吸をしようと、大きく息を吸ってゆっくり吐き出す。心臓はまだ落ち着かない。だけど、あたりを見回すくらいの余裕はできた。

「一日にどのくらいのお客さんが、いらっしゃるんですか？」

「多い日だと四人くらいかしら。そのときのオーダーにもよりますけど。一人で回しているので、場合によっては別の日にお願いすることもありますね」

そうですか、と答えながら、頭の中では別のことを考えていた。

葉留は普段どうしているのか。どんな生活を送っているのか。美容師としてどんなふうに働いているのか。

知りたいことはたくさんあるのに、心にブレーキがかかる。肝心なことが訊《き》けない。

「ここは営利目的ではありませんから、営業時間を延ばすわけにはいきませんし、こちらの都合にお客様が合わせてくださっている感じになってしまいます。土曜、日曜もお休みですからね」

「……土日が休めるって良いですね」

「でもお買い物に行けるわけでもないので、部屋でのんびりするくらいだと思いますよ。そうよね？」

会話の最後に、菅生さんが葉留に呼びかける。

葉留はうなずいた。

「あなたのことだからきっと、お休みの日も本を見て勉強したりしているんでしょ？」

また葉留がうなずいた。

「今日担当する美容師は、とても勉強熱心なんですよ。私も何名かここで見てきましたけど、今までで一番、熱意を感じますね。美容担当の先生にもよく質問していますし」

菅生さんはわたしが知りたいと思っていたことを教えてくれる。

実沙も含めて、葉留の周りには、理解してくれる人がいるんだな、と思えた。

わたしから離れた菅生さんは、葉留の方へ行く。

「ホラホラ、いつまでそこで固まってるの。お客様をあまりお待たせしたら申し訳ないでしょ。準備して」

葉留はまだ、驚きから覚めていない。

それでも背中を押される形で、わたしのところへ来た。

「お……待たせしました」

「そんな声じゃ聞こえないわよ」

菅生さんが大きな声を出す。

「もっと元気よく。いつものように、接客しましょう」

菅生さんの元気だけが、この美容室の中で太陽のように輝く。だけど今のわたしたちには、それはまぶしすぎる。強い陽射しが痛い。

わたしたちが黙っていると、菅生さんは諦めたのか「何かあったら呼んでね」と、入り口のカウンターの方へ行った。

「今日はどうされますか？」

「そうですね。どうしようかな……」

三週間ほど前に切ったばかりだ。今は肩より少し長めで、毛先にゆるくパーマをかけている。

これといってしたい髪型もないし、時間もそんなにない。しかも来るのが目的で、髪型まで考えていなかった。

決めかねていると、葉留の方から「雑誌をお持ちしましょうか？」と声をかけてきた。

「そうですね……」

「少々お待ちください」

わたしの席から離れる。葉留の後ろ姿を見ていたら、突然ひらめいた。

「すみません！」

葉留が足を止めて振り返った。

「はい？」

「お任せでも良いですか？」

「え？」

「わたしに、似合う髪型にしてください」

「でも……」

「お願いします」

喧嘩をすると、姉であるわたしの方が、折れることが多かった。でもたまに、どうしても曲げられないときがわたしにもあった。

それを感じ取ったとき、葉留はわたしに譲ってくれた。

だから今も葉留は、わたしがこのオーダーを変えることはないと思ったのだろう。口ごもりながら、か細い声で答えた。

「わ……わかりました」

身体の前でクロスが広げられ、袖の部分に腕を通す。そのまま、首の部分のマジックテープがつけられた。

「……タオルは？」

クロスだけでは首周りに隙間ができて、切った髪の毛が中に入ってしまう。それを防ぐためにも、先にタオルを巻く。そんなことは技術以前の問題だし、葉留はクロスと一緒に、タオルも用意している。

でも着けるのを忘れていた。

「す、すみません。ただいま！」

慌てている葉留の手は震えている。今度はクロスを忘れるのではないかと思ったが、それはもう身体が覚えていたのだろう。

ようやく、切る態勢になった。

作業道具の乗ったワゴンを近くに引き寄せた葉留は、わたしの髪全体を霧吹きで濡らす。心ここにあらずといった感じで一部分だけが、やたらと濡れた感じがする。ポタポタと、額から水が垂れてきた。

「申し訳ありません！　ええと……」

アクシデントがあっても、客の前で動揺した姿を見せてはいけない。そのくらいのことは、葉留だってわかっているはずだ。だけど今は頭の中がパニックになっている。

「あ、あの……今、タオルをお持ちします」

駆けだした瞬間、ワゴンにぶつかる。ガシャンと大きな音がした。

「ああ！」

悲鳴に近い声に釣られて床を見ると、散らばっているのは櫛や手鏡、ヘアピンなどだった。特に壊れたものはなさそうだ。

かがんでヘアピンを拾い始める葉留の手は、相変わらず震えている。

もう、見ていられなかった。

「ハサミは？」

ハサミは落とすと、合わせが狂うこともあるし、刃こぼれすることもある。切れ味が悪くなるから、一番注意が必要だ。

「ぶ、無事です。ワゴンの中に……」

「だったら少し落ち着いて。──葉留」

葉留の震えが止まる。

振り返って、大きな目でわたしを見た。そのまましばらく、わたしたちは黙っていた。

でもその時間は、そんなに長くなかったと思う。

一度背を向けて、両肩を大きく上下させ、息を深く吸った。

「わかりました」

その声は、落ち着いているように聞こえた。

そこから葉留は、淡々と作業を始めた。

わたしはどうしても気になって、鏡越しに葉留を見てしまう。

実沙に聞いたところ、一般的な美容師の基準でいうなら、葉留はまだ髪を切る段階ではないらしい。

ほとんどの美容室では、美容師の免許を取得しても、すぐにすべてのことを任せてもらえない。刑務所の中で受刑者の髪を切っていたという話だったけれど、それで積める経験は限られている。

葉留は美容師免許を取って、二年に満たない。わたしの店なら、まだ見習いの段階だ。そう考えれば、葉留の手つきは良い。

真剣な眼差しの妹の顔を見るのは、いつ以来だろうか。

見られていることは、葉留も感じているだろうが、一度も視線が合わない。

ジャキジャキと音がする。少しずつ、わたしの髪が切り落とされていく。

事件のあと、ずっと考えていた。葉留が進路を決めたとき、わたしが二人で美容師になろうと言っていたら、どうなっていたのだろうか、と。

会社勤めをしなかったら、あの男にも会わなかったはずだ。そうすれば、事件は起こらなかった、と考えるのは浅はかだろうか。

誠実で、葉留と未来を一緒に考えてくれる人が隣にいたら。結婚も子どもも、恋愛の延長線上に描いていける相手であったのなら。

もしそうであったら、事件は起きなかったと思うのは、身内の身勝手な想像だろうか。だけど葉留は美容師を選ばなかった。並べられたいろんな理由も嘘ではなかったと思うけれど、根底にあったのは、きっとわたしを思ってのことだ。将来どちらが店を継ぐかもめることを回避するために。

もちろん、別の店を立ち上げることだって可能だ。でも一度、二号店の立ち上げに失敗した母を見ていたわたしたちは、経営の難しさも、漠然とはいえ知っていた。センスがあって、手先の器用な葉留が美容師になっていたら。度胸のある葉留が店を切り盛りしたのなら。

選ばなかった未来ばかりを想像してしまう。

わたしは葉留に譲られたことが悔しかった。悔しいまま時間は過ぎ、それでもお互い幸せになっていたら、一生この問題から目をそらしていけたのかもしれない。

けれど事件は起きた。葉留が起こしてしまった。

わたしたちはずっと黙っていた。

言いたいことは胸の奥にある。だけど言葉にすることができない。ただただ時間だけが過ぎていく。

でもこのままでは帰れない。葉留に確かめたいことがあったから、ここまで来たのだ。

「髪、ずいぶん長いね。小さくまとめているけど」

「そうですね」

葉留の髪は、日本人にしては細い。それをほどいたらどのくらいになるのかを、想像することはわたしにはたやすい。

「忘れないようにって……。覚えていたからって、罪が消えるわけではないんですけど」

葉留の声は震えている。平静を装っているつもりかもしれないけれど、わたしをごませるわけがない。

また会話が途切れる。

葉留から話しかけてくることはなく、わたしたちの間には、ハサミとドライヤーの音だけになる。

やがてクロスが取られる。わたしの頭の後ろで、葉留が鏡を広げた。

「いかがでしょうか？」

葉留は目を伏せて、合わせようとはしない。でもわたしは、鏡越しに葉留の方を見て言った。

「今回は、ちゃんと左右がそろっているんだね」

「え？」

葉留と目が合った。

「昔は、ひどい仕上がりだったのに。上手くなったね」

葉留の口から、小さな悲鳴のような声が漏れる。目に涙がたまっていく。泣きそうになっているのを、我慢しているようだった。

翔太あてのハガキの追伸には、こう書いてあった。


――私もこれでやっと、髪を切れるかもしれません。


翔太はその意味がわからないと言った。結婚の報告と、髪がどうして関係しているのか、疑問だったとも言った。

だからわたしは母に訊ねた。もちろん母にも確証はなかった。だけど一つだけ思い当たることがあった。

何度か面会へ来ていた母が、わたしの結婚……前の婚約者との結婚がなくなったのを教えたのは、三年くらい前のことだったらしい。母から言ったわけではない。葉留の方から「お姉ちゃん、そろそろ赤ちゃんできた?」と訊《き》いてきたから、隠し通せないと判断したとのことだった。

そのあと面会へ来るたびに伸びていく髪を見て、もしかして——と思ったという。

「もう、切っていいよ」

「え？」

「髪、切って良いよ。わたしはあのときより、幸せだから」

返事はない。葉留はうつむいていた。

振り返って覗き込むと、葉留は泣いていた。

もういい、と思った。わたしが責めるのは、もうやめようと思った。

誰が責めなくても、葉留自身が責め続けるのだから。

その代わり、未来への希望を抱こう。みんなが幸せになれるような未来を——。

「葉留。いつか、一緒に……」

エピローグ

窓を開けると、冷たい風が入ってきた。

それでも陽射しは暖かい。澄んだ空気は、どこまでも突き抜けるような青い空を広げている。

こんな日は、あの場所を思い出す。白い外壁に青い室内。空の中にいるような錯覚に陥るあの場所を。

「寒いから、窓閉めて」

「掃除中だから、空気を入れ替えているの」

「私にはどう見ても、あなたがサボっているようにしか思えないけど？」

「……ごめんなさい」

「ごめんじゃなくて、申し訳ありません、でしょう？」

「申し訳ありません、お母さん」

「店長と呼びなさい。もしくは先生」

先生、と呼びかける人は、他の顔を思い浮かべてしまう。嫌いなわけではない。親切にしてもらったと思う。どちらかといえば良い思い出の方が多いが、それに至る経緯を考えれば、やはり苦い記憶だ。

「先生より、店長って呼びたいかな」

私が何を考えたのか、母……店長にも伝わったらしい。

仕方がないわね、と言いたそうに目を細める。

「雇われ店長だけどね」

「本当の店長が戻ってきたとき、どうするの？」

店長は少し上を向いて、んー、と考える。軽く肩をすくめて「さあ？」と言った。

「どうしようかしらね。ま、年齢も年齢だし、すぐに復帰は難しいから、考える時間はゆっくりあるわよ。リハビリもあるし、復帰したとしても、どこまでできるかも、今のところは何とも言えないしね」

「そっか」

「ほら、サボっていないで、お客さんがいないうちに、シャンプー台の掃除して」

「はい、店長」

閉めようと、窓枠に手をかける。そのとき、ひゅっと風が吹いた。

首筋に冷たい風が通りすぎる。私は思わず首筋を手のひらで押さえた。

長いときも結っていたから、首を出しているのは慣れていたつもりだったけれど、短いとやっぱり寒く感じる。

「掃除が終わったら、練習するから準備しなさいよ」

「はい、店長」

張り切っているなあ、と思う。

お姉ちゃんに店を任せて隠居するかと思いきや、私の出所と前後するように、お母さんの知り合いの美容師が病に倒れた。

その人はお母さんと若いころ一緒に修業をし、苦楽を共にした仲らしい。住む場所は離れても、連絡を取り続けていた。その人には店を継がせる子もなく、これを機に閉めようかと考えていたらしいが、すべての事情を話した母に、しばらくの間店をお願いしたいと言ってくれた。

初めての土地と、美容師の母を身近に感じる生活は戸惑うことが多い。覚悟をしていたとはいえ、店にいるときの厳しさは想像以上だった。

それでも毎日楽しい。

道具の準備をして、カットの練習を始めた私のそばに来た店長は、呆れるでも、叱るでもなく、ただ淡々とした口調で言った。

「葉留が一人前になるには、まだまだ時間がかかりそうね」

「そんなに？」

「そうよ。一見、できているように見えるけど、お金をもらうには、もっと技術を磨かないと。葉留は器用だけど、少し飽きっぽいでしょ。ある程度できるようになると、新しいことを覚えたがるところがあるのよね。小さいころから」

「……そう？」

「そうよ。逆に奈津は、飲み込みは遅いけど、根性はあるわ。美しく、早くできるまでは頑張るって。美容学校時代も、家に帰ってきてから、毎日練習していたわ」

「へえ……」

「ま、美容師もそれぞれだから、一定のレベルを超えたら、個性の問題だと思うけど」

「一定のレベルか……。お姉ちゃんのようになるには、相当時間かかるよね？」

店長から母の顔へ変わる。少し困ったような顔をして、近くのイスに座った。

「葉留は帰りたいの？」

「どうかな……」

事件のことは一生消えない。帰れば店に迷惑がかかるかもしれない。だから帰りたいとは言えない。

ただ、帰れなくても叶えたい希望はある。それが叶う方法があるのなら、いつか、遠い未来で構わないから探してみたい。

お母さんは遠くを見るように目を細めた。

「ゆっくり考えなさい。時間は十分あるんだから」

「そうだね」

店の電話がなった。お母さんは私に「練習続けてて」と言って、電話へ駆けて行く。予約だろうか。お母さんはカレンダーを見ながら話していた。

私は店の隅に飾ってある、ウエディングドレス姿のお姉ちゃんの写真に目を向ける。その隣には、タキシードを着た翔太さんがいた。

緊張で顔がひきつる翔太さんの隣で、お姉ちゃんは満面の笑みを浮かべていた。

あとがき

取材先である笠松刑務所に向かったのは十一月下旬。その日は晴天で、外衣が必要ないくらい暖かな日でした。閉鎖的であるはずの刑務所なのに、見上げれば青空が広がり開放的。私の中でこの作品の方向性が決まったのは、偶然ともいえる天気の関係で、あの日、もし雨が降っていたら、この話は違うものになっていたように思います。

偶然といえばもう一つ。笠松刑務所の所長さんの一言です。

「物語の中で刑務官が良く描かれることが少ない」

確かに物語の中で見る刑務官は、強面で、威圧的で、支配的なことが多いかもしれません。もちろん職務的に、柔和で、優しくて、物分かりが良かったら、仕事にならないでしょう。ですが私がお会いした職員の方々は皆、にこやかで優しい方たちです。ならば、これまでとは少し違った角度で書いてみたい。そう思うと、そこで働く方々の人物像が形になっていきました。

それと同時に考えたのは、受刑者のことです。彼女らもきっと、罪を犯した受刑者というだけでなく、いくつもの表情を持つに違いない。そう考えたら空想の世界が広がり、私の頭の中で、一つずつ物語が組み立てられていきました。

なお、この作品は、実際の刑務所への取材をもとに執筆いたしましたが、登場する人物、刑務所は、実在するどのような個人、どのような刑務所とも一切関係がありません。美容室の建物や価格も、働く人や訪れるお客さんも、この世界のどこかに、こんな『塀の中の美容室』があるかもしれない、と思っていただけたら幸いです。

最後になりますが、本書の執筆にあたり、快く取材を許可してくださった笠松刑務所の皆さま。大変お世話になりました。また原稿の確認におきましても、本当にありがとうございました。心よりお礼申し上げます。

二〇一八年　八月　桜井美奈

取材協力：笠松刑務所

◆この作品はフィクションです。
実在の人物、団体などには一切関係ありません。

双葉文庫

さ-43-02

塀《へい》の中《なか》の美容室《びようしつ》

2018年9月16日　第1刷発行
2025年5月23日　第3刷発行

【著者】
桜井美奈《さくらいみな》

【発行者】
箕浦克史
【発行所】
株式会社双葉社
〒162-8540 東京都新宿区東五軒町3番28号
［電話］03-5261-4818(営業)　03-5261-4831(編集)
www.futabasha.co.jp(双葉社の書籍・コミックが買えます)
【印刷所】
中央精版印刷株式会社
【製本所】
中央精版印刷株式会社

【フォーマット・デザイン】
日下潤一

ISBN978-4-575-52151-1 C0193
Printed in Japan